김광성 자전에세이

아내가 키운 남자

삼가 이 책을 타계한 사랑하고 존경하는 남편이자 아버지인 김광성에게 바칩니다.

천국에서 기쁘게 이 책을 보고 있으리라 믿습니다.

2016.1.20. 고 김광성의 유족 일동
이경희, 김명인, 김인선, 김인숙

목차

목차

목차

목차

감사할 게 너무 많은 나

오늘은 모처럼 약국이 한가하다. 아마 다들 새벽에 있을 올림픽 축구 한 국과 일본의 동메달 결정전을 보기 위해 일찍 귀가해 잠자리에 든 모양이 다. 이런 날이면 나는 아내와 함께 커피 한 잔의 여유를 즐긴다. 어린 나이 에 나에게 시집와서 평생을 함께하고 있는 사랑하는 나의 아내. 그녀가 없 으면 오늘날의 나는 상상도 할 수 없다.

반 백 년 이상을 장애인으로 살아오면서 나는 수없이 많은 삶의 고초와 난관을 겪었다. 모든 사람들이 그러하듯 희로애락(喜怒哀樂)은 나 역시 비 껴갈 수 없었다. 때로는 장애로 인해 좌절하고 상처 입었지만, 때로는 작은 성과에 기뻐했다. 아내와 결혼하고 자녀를 셋이나 낳아 가정을 꾸렸을 때 는 이 세상 모든 것이 내 것인 것만 같았다. 또한 하나님의 자녀로서 믿음 으로 천국을 가겠다는 깨달음을 얻었을 때 더욱더 지금의 삶을 소중히 가

뛰어야겠다는 생각도 하게 되었다.

어차피 인생은 한번 왔다가 한번 가는 것이다. 한번뿐인 기회를 소중히 여기려 하지 않는 사람은 아무도 없을 것이다. 비록 그 인생이 장애로 인해 상처받고 고통 받는 것이라 할지라도 기회는 기회이다. 장애를 약진의 발판으로 삼고 디딤돌로 삼아 더 멋진 결과물을 얻어낼 수 있기 때문이다.

헬렌 켈러는 "신은 인간의 문을 닫으면 창문을 열어주신다"고 했다. 삼중고에 시달리던 헬렌 켈러도 자신의 삶이 행복하고 창문이 열려 그쪽을 통해 밖으로 나갈 수 있었다고 이야기하지 않았던가.

나 역시 뜻했던 것들, 원했던 것들을 다 이루지는 못하고 장애로 인해 샛길로, 옆길로, 혹은 창문으로 나가는 삶을 살아왔다. 그렇지만 탄탄대로를 가지 못한 오솔길에서 나는 아름다운 꽃도 발견하고, 옹달샘에서 물도 떠먹으며 새소리와 풀벌레 소리를 감사하며 살고 있다. 비록 이곳 약국은 작은 조제실이지만 이곳에서 나와 동료 약사들이 건강하게 삶을 영위하고 있고, 수많은 환자들이 내가 조제해주거나 상담해준 약으로 건강을 되찾는다. 이보다 더 큰 보람이 어디 있는가.

하지만 매일 매일 반복되는 일상 속에서 나는 공허함을 느껴야만 했다. 뭔가 내 마음에 정신적인 갈증을 해소할 것이 필요했다. 그것은 내 안에 깊이 침잠하여 내가 누구인지를 살피는 일이었다. 나는 어디로 와서 어디로 가는가, 무엇을 위해 이 땅에 왔는가. 어떠한 노력과 봉사로 사람들에게 기쁨을 주어야 하는가를 진지하게 고민한 결과 내 삶을 돌이켜 기록하기로 결심했다. 그 결과물이 이 작은 책이다.

　밖에서는 골프협회와 장애인 일로 행사를 쫓아다니고 안에서는 환자들을 맞이하고 약을 조제해야 되는 약사의 입장이지만 어려서부터 훈련이 되어 있는 시간관리 능력은 어찌 보면 장애가 주는 선물이었다. 활동성에 제약을 받기에 남들처럼 바깥으로 나돌지 못하는 한계가 오히려 나에게 분초를 다투어 이런 자서전을 쓰게 만들었다. 쪼개지는 십 분을 열흘 동안 모으면 백 분이고, 백 일을 모으며 천 분이다. 졸린 눈을 비비며 쉬지 못하고 나의 삶을 익숙하지 않은 컴퓨터로 정리하다보니 어느덧 책 한 권 분량이 되었다.

　이 책에는 부끄럽지만 나의 삶을 가감 없이 담았다. 독자들이 읽고 나에 대해서 알게 되는 것이 마치 발가벗겨지는 것 같지만 반면에 이 책 한 권으로 장애에 대해서 몰랐던 것을 배우게 되고, 나 김광성이라는 사람이 어떤 사람인지를 조금이나마 알게 되어 공감하고 소통할 수 있다면 무엇을 더 바라겠는가. 이 작은 책에는 내가 겪었고, 알고 있는 모든 것들을 최대한 많이 담으려 노력했다. 누군가 읽고 작은 도움이나 감동이 되었으면 하는 마음 때문이다. 죽는 날까지 나는 주어진 소명을 다하며 살 생각이다. 이 땅의 장애인들을 위해 나의 삶을 바치고, 그로써 비장애인들에게 감동을 통해 장애인도 할 수 있다는 것을 보여주고 싶은 심정이다.

　내가 여기까지 오는 데에 누구보다도 중심이 되어주고 주축이 된 아내에게 이 책을 바친다. 아내가 없었다면 나는 정말 어찌 되었을지 알 수 없다.

사랑하는 아들 딸들도 아빠가 이런 삶을 살았다는 걸 알아주었으면 좋겠다. 아울러 나의 지인들, 용인에 사는, 나의 약국을 애용해주시는 모든 고객 분들에게도 이 책을 바친다. 그분들이 있었기에 오늘날의 나 김광성이 있다는 생각이다. 장애인 골프협회 회원들에게도 감사의 뜻을 표한다. 부족한 회장을 믿고 따라와 주며 불모지인 한국에 장애인골프를 보급 확산하려는 그들의 노고에 지면을 통해 감사한다.

다시 손님들이 들어오기 시작한다. 오늘 밤 있을 축구에서 한국의 승리를 기원하는 마음처럼 나는 내 인생에서의 승리를 기원하는 마음으로 살아야겠다.

2012년 여름

한국 축구가 런던올림픽에서 동메달 따던 날

김 광 성

1

나의 힘 나의 가족

아내가 키운 남자

사랑하는 당신.

당신에게 뭔가 내가 할 얘기가 있다면 그 내용이 무엇이건 일단 고맙다는 감사의 말부터 시작해야 할 것이오. 그건 마치 이 세상 모든 꽃들이 봉오리에서 시작되는 것과 같소. 나의 당신에 대한 모든 감성과 이성은 바로 고마움이라는 꽃봉오리에서 비롯되기 때문이오.

무조건 이 고마움은 당신이 나의 아내가 되어준 것에서 출발하지요. 친정의 강한 반대를 무릅쓰고 장애인인 나에게 와준 그 용기와 사랑에 무한한 감동을 받지 않을 수 없소.

전쟁터에 가기 전에는 한 번 기도하고, 바다에 가게 되면 두 번 기도하고, 그리고 결혼 생활에 들어가기 전에는 세 번 기도하라는 러시아 속담이 있지 않소. 그 이야기는 사람의 목숨을 거는 전쟁과 항해보다 더 위험한 도박이 결혼이라는 뜻 아니겠소? 그런 결혼의 결단을 내려 나에게 시집을 왔으니 그에 대한 감사는 정말이지 내 머리를 잘라 짚신을 삼아도 갚을 수 없구려. 감사에 한계가 있다면 그 한계까지 감사를 드리고 싶은 마음이오.

그리고 그 고마움의 끝에서 내가 더 한 발 나가고 싶은 마음은 바로 나에게 소중한 아이들을 셋이나 낳아준 것이라오. 비장애인도 애를 셋 낳는 건 결코 쉬운 일이 아니잖소. 그런 당신이 셋째를 임신했을 때 나에게 한 말을 아직도 나는 잊지 못하오. 아이를 셋씩 낳다보면 이런 아이 저런 아이 가운데서 나에게 효도하는 아이가 있을 거라는 그 말. 이 말은 나의 뇌리에서 늘 떠나지 않는구려.

한 마디로 당신은 나에게 온전한 가정을 꾸려준 고마운 사람. 당신이 나에게 시집와 얼마나 고생했는지 그 모습들은 지금도 눈앞에 생생하오. 갓난쟁이에 기어 다니는 꼬맹이, 그리고 챙겨줘야 할 것 많은 초등학생 자녀. 거기에 남편은 장애인 약사로 하루 종일 신경 쓰며 보살펴야 하는데다 시아버지까지 모시고 살며 당신이 감내해야 했던 그 어려운 상황들. 지금도 나는 당신이 어떻게 이겨냈는지 상상조차 할 수 없소.

게다가 나에 대한 지극한 정성은 또 어떻소. 하남에서 약국을 할 때 당신이 먼저 나가 약국 문을 열고, 밤늦게 일한 내가 아침에 느지막이 출근을 하면 당신이 다시 집에 들어와 내 도시락을 싸서 가져다주었던 기억이 아름답게 떠오르오. 어디 내 것뿐이오. 당신은 종업원과 약사들의 도시락까지 싸오지 않았소. 당신이 정성껏 싸준 도시락을 우리 약사들이 같이 모여 앉아 도란도란 이야기 나누며 먹었던 기억이 나오. 매식이 건강에도 좋지 않고 비용도 많이 드는 것을 다들 알지만 당신처럼 번거로움을 사양하지 않고 도시락을 만들어 배달하는 것은 용기와 결단력이 없다면 결코 할 수 없는 일이지요.

나와 결혼하면서 그동안에 좋았던 친구들도 다 끊어버리고, 오로지 가정과 나에게만 올 인한 당신. 그런 당신을 내가 충분히 즐겁게 해주었는지, 행복하게 해주었는지를 생각하면 지금 입이 열 개라도 할 말이 없구려. 이 대목에서 유명한 미국의 자기계발 리더십의 개발자인 데일 카네기의 아내에 대한 헌사가 생각나오.

나의 오늘이 있는 것은 모두가 아내의 덕분이다. 연애 시절의 그녀는 나의 가장 친한 친구였으며, 마음 약한 나를 언제나 격려해 주었다. 결혼 후에는 저축에 힘을 썼으며 투자를 잘 해서 재산을 만들어 주었다. 우리에게는 5명의 자녀가 있으며, 아내의 덕분으로 우리 집은 언제나 행복하다. 나에게 조금이라도 명성이 있다면 그것은 모두가 아내의 덕분이다.

카네기의 이 말은 바로 내 심정을 대변한 것이오. 무엇보다도 당신이 열심히 살아준 덕에 내가 오늘날 여기까지 왔다고 생각을 하오. 약국을 하면서 내가 조금씩 남는 시간에 사회활동을 할 때도 당신은 나에게 늘 아이디어를 주었소.

내가 판단을 잘 못하고 머뭇거릴 때에 당신은 놀라운 결단력을 발휘해주었지요. 나는 성격이 꼼꼼하고 치밀하지만 판단이 빠르지 못한 단점이 있지 않소. 밤새 고민하고도 결론을 못 내릴 때 당신은 쾌도난마처럼 나에게 결론을 내려주곤 했소. 당신은 그런 면에서 큰 조언자요. 다른 사람을 만났더라면 내가 이 정도까지 될 수 있었을지 상상도 할 수 없다오. 그런 건 불가능한 일이니까.

대개 여자들은 남자가 가정과 직장만 오가며 충실하게 살길 바라지 않소? 내가 사회에 봉사를 하고, 소소하지만 좋은 일을 할 수 있는 것도 당신이 나를 뒤에서 밀어주고 뒷받침해 주었기 때문이라고 생각하오. 장애인 자조 친목 모임인 거북이회에 가입한 것도 당신이 나를 밀어준 것이었고, 중국에서 중의학을 공부하러 가는 순간도 망설이던 나를 격려해서 오늘날의 한의학 박사인 나를 만든 것도 당신 덕이잖소. 나에게 어려운 일이 생겼을 때 항상 당신이 나서서 문제를 해결해주었고, 때로는 나대신 무거운 십자가를 짊어지고 앞길을 헤쳐 나가 주지 않았소? 그래서 나는 주위 사람들에게 우스개로 당신을 매니저 겸 기획사 사장이면서 나의 영원한 멘토라고 자랑해서 팔불출 소리를 자주 듣는다오.

당신이 결정을 내리면 나는 항상 뒤를 밀어주고 도와주는 환상의 콤비라고 생각하오. 나는 돌다리를 두드리는 스타일이지만 당신은 직감으로 갈 길을 찾아 나가니 간혹 그로 인한 실수들도 없지 않았지만 우리들은 상호 보완적인 존재라고 늘 생각하오. 내가 머뭇거릴 땐 당신이 당겨주고, 당신이 너무 앞서갈 땐 내가 잡아주는 역할을 하고 있으니 우리가 환상의 콤비인 것만은 분명한 사실인 것 같소.

나의 실수가 있을 때 또한 당신은 나를 너그러운 마음으로 보살펴주곤 했소. 사실 나는 당신이 호된 시집살이도 이겨내는 것을 보았잖소. 우리 부모님과 우리 가족들은 몸이 약한 나에게 늘 사랑과 애정이 넘치던 분들이었소. 당신이 나한테 해주는 것이 부모님이나 우리 형제들은 성에 차지 않아서 가끔은 섭섭한 말도 하고 당신에게 좀 더 사랑을 강요했지만, 당신은 묵묵히 그 모든 것을 이겨냈소. 당신이 많은 칭찬을 받지 못한 것도 나는 잘 알고 있소. 억울한 경우도 많이 당했다는 것 역시 잘 알고 있소. 그런 일이 있으면 대개 다른 아내들은 남편을 괴롭히는데 당신은 그러지도 않았잖소. 나를 배려해 속으로 삭히고, 혼자 말없이 끙끙 앓은 것 내가 다 아오.

하지만 이제 어머님도 돌아가시고 아버님도 안 계신 이 마당에, 당신은 마음의 상처를 다 이기고 굳건하게 가정을 지켜주고 있지 않소. 모든 어려움을 참고 견뎌준 것을 나는 늘 고맙게 생각하오. 이제 당신은 모든 어려움을 이겨내고 승자가 된 사람이 아니겠소. 엄청난 스트레스를 이겨내고 견뎌내 준 것에 감사하고 미안할 따름이오. 온몸으로 고통과 압박들을 이겨내느라 지나친 스트레스로 한때 사지마비까지 일어났던 당신의 모습을 보면서 나는 얼마나 가슴이 아픈지 모르오. 그럴 때 좀 따뜻하게 대해 주었어야 하는데 그러지 못했던 점을 다시 한 번 미안하게 생각하고 고개 숙여 용서를 바라오. 평생 그 미안함을 갚을 것이오.

어머니가 돌아가시면서 당신에게 미안하다고 사과를 하고 돌아가신 것,

지금도 참 다행이라고 생각하오. 하지만 그런 어머니의 잘못함과 서운함은 재차 말하지만 내가 평생 갚도록 하겠소. 당신의 아픔과 상처가 아물지는 모르지만 잊히진 않으리란 것을 나는 잘 알고 있소. 이제 당신을 압박하거나 괴롭혔던 주위 사람들이 모두 당신을 존경하며, 당신을 인정해주는 것을 보면 결국 참고 견딘 자가 승자가 된다는 사실을 다시 한 번 느끼게 되오.

내가 존경하는 인도의 성자인 간디는 이렇게 말했소.

"어떤 사람이든 추위, 더위, 배고픔, 목마름을 이기지 못하고, 불쾌한 일을 참고 견디는 힘이 없다면, 그는 결코 인생의 승리자가 될 수 없다. 그런 사람은 결코 빛나는 명성을 얻을 수 없을 것이다. 인내는 정신의 숨겨진 보배이다. 그것을 활용할 줄 아는 사람이 현명한 사람이다."

이 말은 바로 당신을 두고 한 말인 듯하오.

그리고 장애인으로서 비장애인 남편만큼 못해주는 면은 내가 늘 미안하오. 무거운 짐을 들어주지도 못하고, 아기를 안아주지도 못하는 점들 모두 미안하지만 그것은 또한 어쩔 수 없는 게 아니겠소? 당신이 감내하고 있는 것 잘 알지만 그것은 이제 아이들이 다 커서 세월이 지나 해결이 되지 않았소? 참고 견딘 당신 덕분이라고 믿고 있소. 나의 어리석음으로, 혹은 부족함으로 당신이 무척 많은 어려움을 겪었겠지만 당신은 보따리 싸고 집에 가겠다는 말을 한 번도 하지 않았고, 굳세게 가정을 지켜준 것을 고맙게 생

신혼시절 다정했던 모습

각하오.

여보. 이제 우리 아이들도 거의 다 컸소. 우리는 항상 미래에 대한 이야기를 나누지 않았소. 퇴촌에 재활원을 만들어 동료 장애인들을 돌봐주자는 꿈은 변함이 없지 않소.

앞으로 나는 복지 쪽으로 좀 더 공부하고 싶구려. 장애인복지나 노인복지를 공부해서 이 사회에 유용한 사람이 되고 싶은 생각이 들고 있다오. 대학원과 박사까지도 할 수 있다면 해보고 싶은데, 역시 당신의 뒷받침이 필요하다고 생각하오. 나의 여생을 보람 있게 보내려면 나의 아픔과 나의 고통을 당신이 나눠줘야 가능하지 않을까 생각하오. 당신은 내가 하는 일에 언제나 반대하지 않고 동조해주고 믿어주었소. 그것은 그 무엇보다도 강한 지지와 성원이었소.

내가 지금까지 받은 것을 되갚는 길은 당신에게 힘이 되어주고 희망과 성원을 주는 사람이 되는 것뿐이라오.

여보. 당신과 나는 늘 그런 얘길 하지 않소? 당신이 먼저 죽든, 내가 먼저 죽든 한 사람이 먼저 죽을 텐데 우리는 자식들에게 신세지지 말고 실버타운에서 즐거운 노후를 보내자고. 막둥이까지 학교 졸업을 하고 사회적인 나의 의무가 해소되면 여행 가서 휴양지에서 쉬면서 여유로운 삶을 살고 싶소. 우리 이 꿈은 꼭 함께 이루도록 합시다. 이게 내가 당신에게 주려는 선물이라오. 진실하게 맺어진 부부는 젊음의 상실이 불행으로 느껴지지 않는다고 하지 않소. 왜냐하면 같이 늙어가는 즐거움이 나이 먹는 괴로움을 잊게 해주기 때문이라는 거지요. 우리 그런 부부가 꼭 됩시다. 사랑하오.

특별 내조법

나는 가끔 지나치게 거칠고 이기적이며 이상하게 영혼이 왜곡된 여자들을 많이 본다. 그들도 한 남편의 아내이고, 아이들의 엄마이고, 한때는 아름답고 다소곳한 여자였을 텐데 왜 그토록 그악스럽고 외로운 삶을 살게 되었나 생각해보게 된다. 결론은 그들이 남편의 사랑을 많이 못 받아서가 아닐까 싶다. 여자는 남편의 사랑이 있어야 부드러워지고 여성스럽다는 것이 우리 부부의 지론이다.

아내가 받는 그런 사랑은 그냥 공짜로 얻는 건 아니다. 남편에게 아내가 사랑을 주고 내조를 함으로써 그 고마움을 아는 남편이 사랑으로 보답하는 것이리라. 여기에 선후는 물론 없다. 배우자가 먼저 뭔가 하길 바라기 전에 내가 먼저 사랑을 주는 마음의 자세가 필요하다 하겠다. 그렇게 따지면 나의 아내는 정말 내조의 여왕이라 할 만하다.

아내가 나에게 내조하는 것은 지켜보는 주위 사람들에게 무척 많은 감동을 준다. 아내의 내조법을 소개함으로써 많은 젊은 부부들에게 귀감이 되었으면 하는 바람에서 이 글을 써본다.

우리 아내는 수없이 많은 좋은 점이 있지만 가장 좋은 점은 엉뚱하게 들릴지 모르지만 일단 내가 잠을 푹 자도록 배려해준다는 것이다. 남편의 건강을 아랑곳하지 않고 돈을 벌어오라고 내모는 아내가 있다고들 한다. 아니면 쉬고 싶은 일요일 놀러 가자거나 자지 말고 움직이라고 들볶는 아내도 있다고 한다. 남편을 깨우려고 아내가 아이들을 보내서 배 위에서 뛰게 하거나 계속 떠들어서 깨운다는 말도 듣는다. 남자들은 그나마 일요일 잠을 자서 피로를 풀고 싶지만 그러지 못한다는 거다.

그런데 아내는 나의 건강 유지를 잠자는 것으로 시켜주었다. 나는 어려서부터 잠자는 것을 제일 좋아하고 즐겨했다. 한 마디로 나는 잠꾸러기인 것이다. 그래서 항상 아내는 남편인 내가 아침에 늦잠을 자게 하고 먼저 나가 약국의 문을 열곤 했다. 나는 학교 다닐 때도 잠이 모자라서 학교 선생님에게 잠을 자야 한다고 이야기할 정도로 잠을 많이 자야 했다. 아홉 시간에서 열 시간을 자지 않으면 생활을 할 수 없다.

그러나 아내는 그렇게 많이 자도 내가 깨어 있는 동안에는 치열하게 일을 하기 때문에 내가 잠을 잘 때 아이들이 떠들거나 하면 멀리 보내거나 조용히 하라고 주의를 주곤 했다. 내가 조금이라도 편안하게 자게 해주려는 것이다. 근무하다가도 나는 피곤하고 힘들면 약국에 있는 작은 침대에 누워 쉬기도 했다. 지금은 약국 옆에 작은 휴식공간이 있어서 그곳에 가서 눈을 붙이고 오기도 한다. 그렇게 하기 때문에 밤에 야간근무까지도 할 수 있게 되는 것이다. 밤 10시, 11시까지 근무해도 내가 버틸 수 있는 것은 아내가 나를 편히 쉴 수 있게 배려해주는 때문이다. 그런 야간근무를 매일 하는 것은 아니지만 하게 되면 잠을 푹 자서 항상 피로를 풀게 보살펴준다.

게다가 또 아내는 나의 음식을 건강에 도움이 되도록 조절해주려고 노력한다. 나는 밥, 빵, 국수와 같은 탄수화물들을 좋아한다. 그럴 때 아내는 나를 절제시키려 애를 쓴다. 내가 탄수화물 절제가 잘 되지 않기 때문에 아내는 야채나 과일 위주로 식단을 짜주고, 가급적이면 고른 영양 상태를 유지하도록 배려한다.

그리고 아내는 운동을 좋아하지만 나는 별로 운동을 즐기지 않았다. 나의 건강을 위해 아내가 늘 나에게 적극적으로 운동하기를 권유하기에 나는 서서히 운동에 취미를 들이게 되었다. 지금은 스포츠를 이해하고 골프협회 회장까지 맡게 되었는데 이것은 아내가 그렇게 나를 내조했기 때문이다.

아내는 친척들과의 문제에서도 내가 복잡하게 얽히지 않도록 배려해준다. 외국에 사는 누님이나 형님들이 한국에 오게 되면 나는 일절 나서지 않아도 나를 대신해 공항에 나가 픽업을 하고 한국에서 볼일을 볼 것이 있다고 하면 차를 끌고나가 스스로 기사 노릇도 자처하고 매니저 역할을 하는 것이다. 그렇게 챙겨주기 때문에 나는 신경 쓰지 않고 골치 아픈 일은 아내에게 떠넘길 수 있는 것이다.

힘든 일이 생겨도 아내는 짜증을 내지 않고 참으려 애를 쓴다. 물론 아내의 성격은 직선적이고 결단력이 있으며 실천력이 있는 스타일이어서 가끔은 나에게 짜증을 낼 때도 있다. 내가 오히려 우유부단하고 망설이는 면이 많기 때문이다. 그러나 아내의 그런 성격과 나의 성격이 서로 보완이 되고 도움이 되었기에 오늘날 우리 가정을 이루었다는 생각을 한다.

게다가 더 대단한 것은 나는 아내에게 그런 힘든 일을 하라고 시킨 적이 한 번도 없다는 사실이다. 피곤해서 오히려 쉬었으면 하는데 아내는 더욱 더 자발적으로 나서서 배려해주고 챙겨준다. 그러다보니 나는 항상 아내에게 감사하는 마음을 가질 뿐이다. 내가 아내를 섭섭하게 하거나 부부싸움을 하거나 관계가 안 좋을 때도 아내는 항상 나를 위해 야채도시락을 싸오고 내가 건강을 관리할 수 있게 해주었다. 아내는 그만치 생각이 깊은 여자다. 화가 난다고 삐치거나 나의 건강을 챙기지 않으면 결국은 자신에게도 좋을 것이 없다는 생각을 하는 것이다.

아내는 어려운 일이 생겨도 스스로 안으로 새기면서 화가 나거나 짜증나는 사안들을 참으면서 해야 할 일을 할 줄 아는 여자였던 것이다. 큰 그림을 그리고 멀리 보는 여자를 만난 것은 진정 나에게는 행운이다.

성격이 직선적이어서 가끔은 나와 부딪힐 때도 있지만 아내는 단점보다는 장점이 훨씬 많은 여자이고, 아내에게 잘못하거나 섭섭하게 한 것은 어떻게 해서든지 갚으려고 하고 있다. 내가 오늘날 여기까지 오는 데에는 아내의 내조가 없었으면 불가능했음을 나는 너무 잘 안다.

그리고 아내는 가정을 철저하게 지켜주고 소중하게 여기는 여자이다. 왜 그러냐 하면 아내는 부부가 당장 마음에 들지 않고 이혼한다고 해서 주위 사람들에게 상처를 주고 아픔을 주는 것이 얼마나 큰 죄악인지 알고 있다. 아이들에게 아픔을 주면서까지 이혼해서 얻는 것이 무엇이냐는 이야기다. 그것은 아이들 일생일대에 엄청난 사건이고, 큰 업을 쌓는 것이라는 생각을 기본적으로 가지고 있다. 그런 생각을 가진 올곧은 여자가 아내이기에 우리 집안이 여기까지 오고 가정이 지켜졌다고 나는 생각한다.

아내는 가정에 아버지도 있고, 엄마도 있어야 되고, 할아버지 할머니도 있어야 되며, 형제자매도 있어야 된다는 신념을 가지고 있다. 그래야 아이 하나가 바르게 큰다는 마음인 것이다. 아이 하나를 키우려면 마을 하나가 필요하다는 말을 아내는 잘 알고 있다. 항상 돈도 아니고, 취미도 아니고, 사치도 아닌, 가정을 우선순위에 두고 지켜내는 여자이기에 나는 늘 감사하고 있다. 가정에 불안이 오거나 깨지게 되면 아이들과 그 구성원들이 겪는 불행은 아무리 큰 돈으로도 막을 수 없다는 걸 아내는 잘 알고 있다. 그러기에 가정을 최우선에 놓고 지켜내려 애를 쓰고 있는 것이다.

우리 부부도 살면서 갈등이 없지 않았다. 하지만 아내는 그러한 갈등을 이겨내고 가정을 지켰다. 나도 역시 아내의 그러한 마음을 공감했기에 지금까지 행복한 가정의 울타리 안에서 생활하고 있는 것이다. 아내가 이토록 사려가 깊고 주위 사람들을 배려하기에 오늘날의 행복이 있다는 생각을 하면 나는 정말 운 좋은 남자이다.

기회가 있을 때마다 아내는 요즘 젊은 사람들이 돈만 생각하고 자기만 우선시하는 것을 개탄한다. 자신만을 내세우기에 주위 사람들을 고려하고 배려하는 마음이 부족하다는 것이다. 나 한 사람 참음으로써 주위의 많은 사람들을 행복하게 할 수 있다면 참아내는 용기가 있어야 나중에 복을 받는 것이다. 그랬기에 아내는 장애를 가진 나를 위해서 희생을 하고 봉사를 하며 헌신하는 마음으로 어려움을 이겨내 왔다. 얼마나 많은 고뇌를 아내가 겪으며 살아왔을지 나는 짐작도 할 수 없다. 그저 감사할 따름이다.

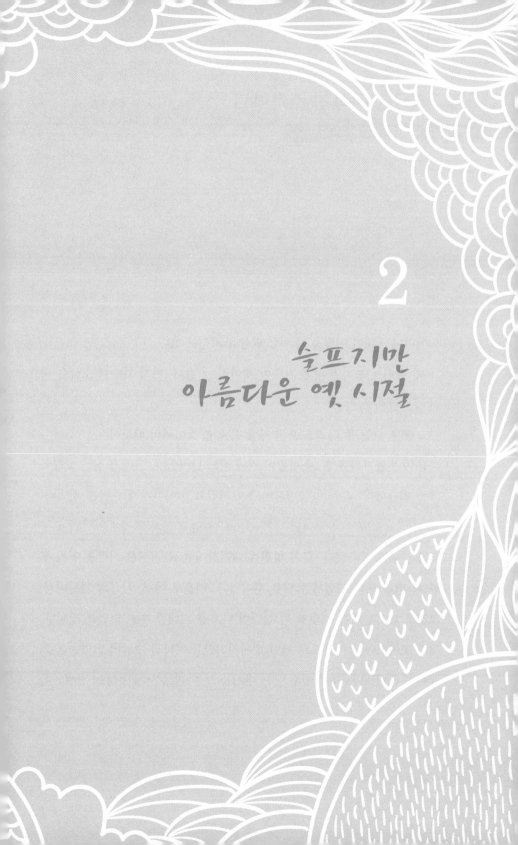

2

슬프지만
아름다운 옛 시절

지금은 사라진 소아마비

어머니는 내가 어렸을 때 이런 말씀을 하시곤 했다.

"네 다리를 보기만 하면 가슴이 찢어질 것 같다. 마치 가슴에 소금을 뿌린 것처럼 아프구나."

그랬다. 나는 두 다리를 쓰지 못했다. 몹쓸 소아마비 때문이다.

1959년 돌잔치를 한 지 며칠이 지난 어느 날이었다. 갑자기 심한 고열이 나를 엄습했다. 온몸이 불덩이처럼 뜨거웠고 여기저기가 아팠을 것이다. 잘 걷고 무럭무럭 잘 자라던 내가 갑자기 원인 불명의 고열에 시달리자 부모님은 매우 당황했다. 근처 병원에 데려갔지만 속 시원한 처방을 얻지 못한 채 며칠 분의 해열제만 탔을 뿐이었다. 서울도 아닌, 시골의 병원에서, 그것도 1950년대에 제대로 된 진단이 나오길 기대할 수는 없었을 것이다. 그저 조마조마한 마음으로 열이 떨어지기만을 기다릴 수밖에 없었는데 그것이 화근이었다. 그날 이후 나는 다시는 두 다리로 서지 못하는 장애인이 된 것이다.

내 위로는 다섯 명의 형과 누나들이 있었다. 그들 가운데 아무도 장애인이 없었다. 그렇기에 부모님의 상심은 더욱 클 수밖에 없었으리라.

부모님은 두 분 다 교편을 오랫동안 잡으신 교육자들이었다. 아버지는 중•고등학교 교장으로 재직 중이었고, 어머니는 초등학교 교감이었다. 직업의 특성상 매일 학교에 가야 했기에 평일에는 집을 비울 수밖에 없었다. 그런 빡빡한 생활 속에서도 부모님은 소아마비를 앓은 나를 데리고 전국 팔도의 용하다는 의사를 다 찾아 다녔다. 서울이면 서울, 부산이면 부산, 명의가 있다는 얘기만 들으면 지푸라기라도 잡는 심정으로 불원천리 달려갔다. 의사를 찾아 전국을 돌아다니면서 나는 침을 정말 많이 맞았다. 내가 침대 위에 누워 있는 동안 의사들이 내 몸 여기저기에 침을 놓았다. 침은 무척 아팠다. 쿡쿡 찌를 때마다 고통이 온몸을 흔들었다.

하지만 나는 어린 마음에도 걸을 수만 있다면 그 고통을 꼭 이겨내고 싶다는 염원을 가졌다. 소리 내서 울지 않고 그저 눈물만 줄줄 흘리며 이를 악물었다. 사실 당시의 한의학은 매우 열악했다. 침은 제대로 소독되어 있지 않은 경우가 비일비재했고, 의사가 자기 머리에 침 끝을 슥슥 문질러 가며 침을 놓았기에 무수한 병균이 침투했을지도 몰랐다.

그러나 그 당시에 그런 건 중요하지 않았다. 그저 조금이라도 상태가 호전되기만을 바라는 마음이었기 때문이다. 그렇게 부모님은 거의 5년여 동안 나를 데리고 병원 순례를 하셨으니 일곱 살 때까지 병원은 나의 놀이터

나 마찬가지였다.

하지만 차도는 전혀 없었다. 다리는 여전히 움직이지 않았고, 나는 여전히 걷지 못했다. 그러다 보니 어느새 학교에 갈 나이가 되었다. 장애인이었기에 특수학교나 재활원 같은 특수교육기관에 진학할 수도 있었지만 부모님은 나를 일반학교에 보내기로 했다. 그래야 나중에 사회에 나가서도 잘 적응하며 인정받을 수 있다는 이유에서였다. 그렇게 일반학교에 입학을 하게 되었지만 문제는 내가 걸을 수 없었기 때문에 학교에 다니려면 누군가에게 업혀야만 한다는 사실이었다. 그러나 당시 우리 집에는 나를 업고 학교에 다닐 사람이 없었다. 부모님은 모두 아침 일찍 근무지 학교를 가야 했고, 내 위의 형과 누나들은 공부를 하러 다들 상경해 있었다. 그렇다고 사람을 고용할 형편도 아니었다. 부모님이 맞벌이를 하셨지만 형과 누나들의 뒷바라지를 하느라 집안 형편이 늘 빠듯했기 때문이다. 그런 상황인지라 내가 학교를 적기에 다닐 수가 없었다. 불가피하게 나는 입학 시기를 늦추었다. 그렇게 2년 정도 집에 더 있어야만 했다.

열 살이 되어서야 비로소 나는 강원도 인제의 한 초등학교에 입학할 수 있었다. 그 때도 누군가가 업어서 학교를 다녀야 한다는 사실에는 변함이 없었다. 그래도 등교할 때 내 바로 위의 누나가 업어줄 수 있게 되었다. 그래서인지 어릴 때부터 나는 집안의 형, 누나들 가운데 막내 누나와 가장 친했다. 나보다 두 살 위인 누나는 나를 업고 다니면서 여러 가지 재미있는 이야기를 해 주곤 했다. 그래서 등굣길이 늘 즐거웠다.

한편 하교할 때는 선생님이 우리 반에서 가장 덩치가 큰 아이를 나에게 붙여 주었다. 그 당시 내가 다니는 학교의 교감이 바로 우리 어머니여서 담임선생님들이 특별히 배려를 해 준 것이다. 하지만 늘 업혀 다녔던 것만은 아니었다. 틈틈이 보조기를 차고 목발을 짚어 걸어 다니는 연습을 하곤 했다. 사실 나는 보조기를 끼고 다니는 게 싫었다. 무거웠고, 무엇보다 걸어 다닐 때마다 살이 닿는 부위가 쓸려 아팠기 때문이다. 부모님은 그런 내 보조기를 맞추기 위해서 서울까지 갔다 왔다. 내 몸에 맞는 보조기를 사기 위해 여기저기 발품을 팔았다. 그렇게 애를 써서 구한 보조기였지만 어린 마음에, 보조기를 착용하는 것은 여전히 싫었다. 무겁고 거추장스러웠기 때문이다. 그래도 부모님의 정성을 생각해 집 앞 공터에서 열심히 연습을 했다. 집 앞을 한 바퀴, 두 바퀴 돌면서 보조기에 익숙해지려고 무진 노력했다. 형과 누나들은 그런 나를 지켜봐주는 후원자 겸 코치였다.

"광성아, 오늘 한 바퀴 돌았어? 정말 대단하다. 다음엔 두 바퀴 돌아봐."

이런 식으로 말을 하면서 나를 격려해 주었다. 어린 마음에 그런 칭찬과 격려는 나를 조금씩 강하게 만들었다.

그러나 끝내 나는 어려서는 보조기를 하지 못했다. 약한 몸이 견디기엔 보조기가 너무 불편했고, 아팠기 때문이다. 그래서 초등학교 3학년까지는 늘 업혀 다녀야만 했다. 내가 다시 보조기를 하고 다니기 시작한 것은 4학년이 되면서부터였다. 다행히도 학교는 집에서 그리 멀지 않았다. 부모님이 내가 입학을 할 무렵에 인제로 발령이 나서 그리로 이사를 간 것이다.

인제에서의 학교생활은 재미있었다. 비록 마음대로 움직일 수는 없었지만 친구들과 친했던 덕분에 나는 그들과 함께 여기저기 놀러 다녔다. 친구들은 몸이 불편한 나를 항상 노는 곳에 데려가곤 했다. 그러면 날이 어둑해질 무렵까지 신나게 노는 거였다.

나는 특유의 명랑한 성격으로 아이들에게 쉽게 다가갔다. 그래서인지 친구들도 나를 좋아했다. 학교가 끝나면 같은 반 친구들 대여섯 명이 항상 나를 우리 집으로 데려다 주었다. 어쩔 때는 그 애들을 우리 집으로 불러 같이 놀기도 했다. 부모님은 내가 친구들을 집으로 데려오는 걸 언제나 흔쾌히 허락하셨다. 그래서 친구들은 우리 집에 자주 드나들곤 했다.

친구들과 자주 놀러 나가다 한번은 이런 일도 있었다. 한창 재미있게 학교 운동장에서 놀고 있는데 어느덧 날이 어두워져 있었다. 하늘은 그새 짙푸른 색으로 변해 있었다. 어둠을 알리는 신호였다. 그러자 친구들은 얼른 집에 가야 한다고 웅성거리기 시작했다. 주위가 어두워지자 슬슬 밖에 있기 두려워지면서 귀소본능(歸巢本能)이 발동한 것이다. 다들 급히 자기네 집으로 돌아갔다. 그런데 그 과정에서 나를 데려다 주는 걸 친구들이 그만 잊어버리고 말았다. 당황한 나는 친구들 이름을 애타게 불렀지만 아이들은 쏜살같이 자기네 집으로 달려가느라 정신이 없었다. 자기 아니어도 누군가 날 데려갈 거라 생각한 거였다. 결국 나는 학교 운동장 미끄럼틀 위에 혼자 남아 있어야 했다. 해는 완전히 떨어져 버렸고, 나는 오도 가도 못하며 어찌할 바 모른 채 우두커니 앉아 있기만 했다. 집까지 기어갈까 생각도 했지만 너무 멀어 그럴 수는 없었다. 수업이 끝난 학교 운동장에는 아무도 지나다니지 않았다. 도움을 청하려고 해도 그럴 수가 없었다. 선생님들도 다들 퇴근했는지 학교 건물에 불이 대부분 꺼져 있었다.

"여보세요! 거기 누구 없어요!"

나는 필사적으로 소리를 질렀다. 누구든 이 소리를 듣길 바랐다. 조금 후, 때마침 퇴근하지 않고 있던 담임선생님이 그런 내 목소리를 들은 모양이었다. 급히 내가 있는 쪽으로 달려왔다.

"광성아, 어떻게 된 거니?"

"아이들이 다 가버렸어요. 흑흑!"

선생님은 울먹이는 내 머리를 쓰다듬어 주었다.

"걱정 마라. 내가 집에 데려다 줄게."

선생님이 나를 업고 우리 집까지 가심으로써 그날의 두려웠던 상황은 마무리가 되었다. 평소에는 친구들이 나를 잘 데려다 주지만, 자기들에게 급한 일이 생기면 이렇게 가끔씩 날 데려다 주는 걸 잊어버릴 때도 있었던 것이다. 아무리 친구를 배려한다 해도 어린이는 어린이였던 것이다. 어른과 같은 강한 책임감을 기대하는 게 애초부터 무리였는지도 모른다. 하지만 이도 지금 돌이켜 보면 아름다운 추억이 되고 말았다.

공부 잘 하는, 그러나 마음 아픈……

　초등학교 2학년, 즉 열두 살 때까지 나는 인제에 있는 학교를 다녔다. 그리고 3학년이 되면서 원주로 이사를 했다. 깡촌에 살던 아이가 자연스럽게 도시 학교로 옮긴 것이다. 단계초등학교라는, 원주 시내에 있는 학교였다.

　2년 늦게 입학한 것 때문인지는 몰라도, 나는 공부를 매우 잘하는 편이었다. 초등학교에서는 반에서 늘 1등을 휩쓸며, 빠지지 않고 우등상을 받았다. 그러다 보니 선생님들이 나를 많이 칭찬해 주시곤 했다. 특히 담임선생님은 나를 정말로 크게 예뻐하셔서, 나만 보면 늘 옅은 미소를 얼굴에 짓곤 했다. 물론 내가 잘 하는 것이 있으면 칭찬을 아끼지 않았다. 선생님의 칭찬을 계속해서 받으니 자연히 자신감도 높아졌고 기세도 등등해졌다. 이미 학교에는 내가 공부를 잘하는 모범생이라는 소문이 파다했다. 다른 선생님들도 그런 나를 알아보고 반갑게 격려를 하곤 했다.

　그러면서 나는 반 친구들과도 잘 어울렸다. 아이들이 쉬는 시간에 교실을 여기저기 뛰어다니면, 나는 책상 위를 기어 다녔다. 그 당시 가장 재미있는 놀이는 기마전이었다. 친구들이 말을 만들면 나는 그 위에 올라타서 상대방 기수의 모자를 빼앗는 역할을 했다. 기마전을 하면서 아이들과 몸을 부딪치고 투닥투닥 싸우기도 했다. 육체적으로 힘들긴 했지만 그래도 몸으로 부대끼며 하는 재미가 있었기에 즐겨 했던 게 바로 기마전이었다.

그렇게 단계초등학교에서 잘 지내던 나는 6학년 때 갑자기 전학을 가야 했다. 어머니가 원주 변두리 쪽에 있는 학교 교장으로 발령이 났기 때문이다. 어머니의 관리가 늘 필요했던 나는 어머니를 따라 학교를 옮길 수밖에 없었다.

그 학교는 조그만 학교였다. 한 학년에 한 반씩, 총 6개 학급으로 이루어져 있었다. 어린 시절 동네에서부터 같이 커서 내내 작은 학교에서 같은 반으로 생활해서인지 그곳 아이들은 자기들끼리 매우 친하게 지내고 있었다. 그래서일까, 굴러온 돌이나 마찬가지인 나는 원래 있던 아이들로부터 알게 모르게 텃세를 겪기 시작했다. 거기에서도 나는 우등생 소리를 많이 들었다. 반에서 1등을 늘 했고, 때로는 선생님도 모르는 걸 내가 얘기할 정도여서 학급 전체가 놀라기도 했다.

하지만 그런 나를 반 아이들은 탐탁지 않게 여겼다. 갑자기 외부에서 전학 온 녀석이 자기들을 제치고 우등상과 선생님의 칭찬을 독차지하니 배알이 꼴린 것이다. 더구나 아이들은 내가 교장 선생님의 아들이란 걸 잘 알았다. 질투가 더욱 심해질 수밖에 없었다.

한번은 이런 일도 있었다. 이전에 다니던 학교와 마찬가지로 이번 학교에서도 선생님이 반 아이들 중 한 명에게 나를 하굣길에 집으로 데려다 주도록 했다. 그런데 반에서 왕초라는 놈이 그 아이에게 압력을 넣었다. 아마도 도와주면 가만 두지 않겠다고 했으리라. 그 왕초는 나를 특히 심하게 괴롭히던 녀석이었다. 그래서 나 혼자 집에 힘들게 간 적도 있었다. 하지만 그건 약과였다. 어느 날은 왕초가 유달리 심하게 나를 약 올렸다.

"야, 절름발이! 넌 뭐 하러 학교 다니냐?"

절름발이라는 말이 그때는 대표적으로 소아마비 지체장애인을 모욕하는 말이었다. 어찌나 화가 났는지 나는 각오를 단단히 했다.

'오늘은 내가 널 손봐주겠다.'

사지가 멀쩡한 아이를 싸움으로 이길 수 있을 리 없었지만 화가 머리끝까지 솟은 그 때 그런 현실적인 문제는 중요하지 않았다.

"너 오늘 나랑 좀 보자!"

내가 한 판 붙자고 왕초에게 도전을 하자 녀석은 그 날 수업이 끝난 뒤 자기를 따라오라고 했다. 나는 옳거니 하면서 녀석을 따라 나섰다. 그런데 왕초는 계속해서 산길 쪽으로 걸었다. 나는 목발을 짚은 채 헐떡거리며 녀석의 뒤를 좇았지만 길이 울퉁불퉁하고 여기저기 돌멩이가 굴러다니고 있어서 중심 잡는 것조차 쉽지 않았다. 그렇게 2킬로미터 정도를 왕초의 뒤를 따라 산속으로 들어갔다.

그런데 어느 순간 왕초 녀석이 보이지 않았다. 당황한 나는 무작정 조금 더 앞으로 갔지만 인기척조차 없었다. 그제야 나는 속았다는 것을 알았다. 녀석은 나를 집으로 돌아가지 못하도록 험한 곳으로 유인한 거였다. 부득부득 이를 갈며 나는 다시 갔던 길을 되돌아와야만 했다. 온몸에는 땀이 났고, 목발을 잡은 두 손은 어느새 힘이 풀려 있었다.

집에 도착하니 이미 밤이었다. 걱정하며 기다리던 어머니가 내가 돌아오자 물었다.

"도대체 너 어디 갔었니? 아무리 찾아도 안 보이더구나."

나는 아무 말도 하지 않았다. 더 이상 일을 크게 벌이고 싶진 않았다. 마음만 먹으면 나는 교장 선생님의 아들이었기에 얼마든지 그 애가 처벌을 받도록 할 수 있었을 것이다. 하지만 나는 부러 그걸 어머니한테 말하지 않았다. 그냥 그 녀석과 나 사이의 문제로 끝내고 싶었다.

나중에 고등학생이 되어 왕초를 길에서 우연히 만난 적이 있다. 나는 그 당시 명문 원주고등학교에 들어갔는데 그 애가 나와는 다른 학교 교복을 입고 있는 걸로 보아 평범한 학교로 간 것 같았다. 나는 그 애를 알아봤고, 그 애도 나를 알아보는 눈치였다. 그러나 서로 아는 척 하지 않고 지나쳤다. 어쩐지 아는 척을 하기도 그랬고, 굳이 아는 척 할 필요도 없을 것 같았다. 녀석도 그렇게 생각했는지 나를 힐끗 보긴 했지만 말을 걸진 않았다. 당시에 학교 교복은 곧 신분이었기 때문이다.

그런 텃세도 있긴 했지만 전반적으로 아이들과 나는 잘 지냈다. 학기 중반부터는 서서히 아이들과 어울리기 시작한 것이다. 친구들과 낚시를 함께 가기도 하면서 초등학교 막바지를 즐겁게 보냈다.

특히 6학년 때는 내가 처음 기타를 접하게 된 시기였다. 동네에서 기타를 아주 잘 치는 아저씨가 한 사람 있었다. 그 아저씨는 이따금 동네 사람들에게 기타 연주를 들려줘 동네의 분위기를 띄우곤 했다. 그걸 보고 나는 기타를 배우고 싶다는 생각이 들었다. 당시 학교에서는 날짜를 정해 아이들 용돈을 저금하게 했었다. 적은 돈이지만 꾸준히 모으기 때문에 금액이 꽤 되는데 1학년 때부터 차곡차곡 모은 학교 저축으로 기타와 트랜지스터 라디오를 샀다. 두 가지가 그 때 내가 제일 가지고 싶었던 것이었기 때문이다. 기타는 내 마음에 쏙 들었다. 시간이 날 때마다 연습을 했다. 결국 독학으로 나는 '알함브라의 회상'을 칠 정도가 되었다.

초등학교는 그렇게 보냈고, 중학교에 진학을 하게 되었다. 그 때 원주시는 시험을 쳐서 중학교에 들어가는 게 아니라 소위 말하는 '뺑뺑이'로 학교를 배정했다. 그래서 배정된 학교가 학성중학교였다. 나는 부모님과 함께 입학할 학교가 어떤지 알아보기 위해 입학 전에 미리 그 학교를 가 봤다. 학교는 여느 학교와 다를 바 없었다. 그러나 나를 좌절케 한 부분이 하나 있었다. 바로 계단이 너무 많다는 점이었다. 게다가 학교도 지대가 높은 곳에 위치하고 있어 교문에 다다르려면 오르막길을 한참 올라야 했다. 처음에는 일단 배정이 되었으니 그냥 다니기로 했다. 그런데 계단 때문에 할 수 없는 것, 불편한 것이 너무 많았다. 등하교를 할 때도 계단을 오르내려야 해서 자칫하면 언덕 아래로 곤두박질 칠 위험을 감수해야 했고, 건물에 들

아버지(김병학), 어머니(민숙정)의 존영(尊影)

어가서도 교실로 가려면 계단을 거쳐야 했다. 체력적으로 너무 힘들었다.

보다 못해 부모님이 시 교육청에 내가 다닐 학교를 옮겨 줄 것을 건의했다. 그렇게해서 내가 새로 다니게 된 학교는 바로 원주중학교였다. 시내에 있는 학교였는데 건물도 2층으로 낮았고, 계단도 별로 없었다. 또한 지대가 평탄해서 학성중학교보다는 생활하기가 쉬울 것 같았다.

그런데 원주중학교에 들어가는 과정에서 약간의 문제가 있었다. 그곳의 교감이 우리 어머니한테 싫은 소리를 한 모양이었다. 알고 보니 내가 장애인이라는 이유로 자기 학교에 나를 들이는 걸 꺼려한 거였다. 아마 학교에 장애인들이 많이 몰려오니 기분이 썩 좋지 않았던 것 같았다. 교감을 만나고 온 날 어머니는 그 이야기를 나에게 해주었다.

"장애가 있는 네가 전학 온다고 별로 탐탁지 않게 여기더라."

어머니는 크게 상심을 한 것 같았다. 나는 그러나 크게 마음 상하지 않았다. 그런 주위의 시선은 이미 어려서부터 너무 많이 접해서 식상할 정도였기 때문이다. 그것보다는 친구들과 즐겁게 지내는 게 더 중요하다고 생각했다.

다행히 이 학교에서도 나의 명랑한 성격 덕에 친구들과는 잘 지냈다. 나는 여느 때처럼 활발하게 친구들을 대했고, 친구들도 그런 나를 거리낌 없이 받아줬다. 이 시기는 내게 있어 가장 행복한 시기이기도 했다. 친구들과 즐겁게 놀고, 열심히 공부하는 데에만 집중하면 되었기 때문이었다.

중학교 들어가자 시험을 자주 봤다. 중간고사, 기말고사뿐 아니라 그 당시엔 월말고사라고 해서 매월 말 시험을 쳤다. 1학년 때 전학 온 이후 첫 월말고사를 봤는데 거기서 전교 9등을 했다. 초등학교때 항상 1등만 하던 나로서는 다소 충격적인 순위였는데 그건 어찌 보면 당연한 결과이기도 했다. 시골 초등학교에 다니다가 시내의 큰 중학교로 오면서 관내 공부 잘하는 아이들과 경쟁했기 때문이다.

절치부심한 나는 더 열심히 공부를 했다. 장애를 가진 내가 살 길은 공부밖에 없다는 생각이었다. 그 다음 시험 결과는 전교 3등. 그 뒤 매번 전교 3등 이내에서 성적이 자리를 잡았다. 하지만 졸업할 때 수석졸업을 한 것은 바로 나였다. 그것은 한 눈 팔지 않고 꾸준히 공부한 결과이기도 했다.

고교시절 봄소풍을 가서

하지만 이 역시도 또 다른 상처로 남았다. 당시 각 중학교 전교 1등 졸업생은 교육장상을 받았다. 운동장에 모여서 졸업식을 거행할 때 직접 단상에 올라가서 받는 것인데 나는 반드시 내가 직접 앞에 나가 상을 받고 싶었다. 평생 한번밖에 없는 영광이 아닌가. 그리고 무엇보다도 내 노력으로 받은 상이었기에 직접 내 손으로 받고 싶었다.

그러나 선생님은 나대신 내 가장 친한 친구를 단상으로 올려 보냈다. 그래서 나는 상을 그 친구를 통해 받아야 했다. 사실 그 때 나는 짜증이 났고 화도 났다. 서운하기도 했다. 물론 그것이 장애를 가진 나를 위한 선생님의 배려였을 거라고 생각한다. 단상에 올라가기도 불편하고, 정해진 졸업식 식순에 따라 진행을 하려니 그랬으리라 짐작하지만 그렇다면 교장 선생님이 내려와서 직접 상을 준들 뭐가 문제이겠는가. 굳이 나대신 다른 친구를 보내야 했나, 라는 생각은 나를 계속해서 불편하게 했다. 한번쯤 나의 의중을 물어보기라도 했더라면 얼마나 좋았을까. 장애인을 대하는 비장애인들의 시선이 어떤 것인지 비로소 알게 된 계기였다. 진정한 장애는 결손과 부족함이 아니라 주류에 참여하지 못하고 활동하지 못하는 것임을 알게 해준 사건이었다.

목발은 위험해

중학교 때엔 여러 가지 일들이 많았다. 우선 얘기할 것은 장애로 인한 사건, 사고였다. 나는 늘 목발을 짚고 불안하게 중심을 잡으며 걸어 다녔기에 등하교를 할 때 사고를 많이 당했다.

그 무렵 우리 집안의 경제 사정이 다소 나아져서 집에서 자전거를 하나 구입하게 되었다. 그래서 등교할 때는 형이나 누나가 자전거로 나를 태워주었고, 하교할 때는 초등학교 때와 마찬가지로 반 아이 중 하나가 나를 데려다 주는 역할을 했는데 그 애한테도 물론 자전거가 있었다. 그래서 등, 하교 때 모두 자전거를 탔다. 하지만 형이나 누나들이 바쁠 때는 간혹 나 혼자 목발을 짚고 걸어가는 수밖에 없었다. 주로 그런 날에 사고가 많이 발생했다.

어느 겨울날이었다. 겨울방학이 끝나고 개학이 되어 학교를 가던 때였다. 그날은 공교롭게도 자전거를 태워줄 사람이 없어 나 혼자 보조기를 다리에 차고, 목발을 짚은 채 학교로 걸어가고 있었다. 걷는 것은 늘 불편했다. 어찌어찌 움직일 수는 있었지만 전반적으로 근육이 오그라들어 있었고, 허리도 구부정해서 자세가 매우 불안정했기 때문이다. 온몸을 목발에 의지해 걸었는데 그 때문에 무게중심이 한쪽으로 쏠려 있으니 툭 건드리기만 해도 넘어질 것 같았다. 그 불편한 자세에다 가방까지 들고 있으니 더 힘들 수밖에 없었다. 특히 가장 힘들었던 것은 학교로 가는 길목 중간에 있는 다리였다. 그 다리는 나무판자로 되어 있었던 데다가 난간도 없어 잘못하면 아래로 떨어질 수 있었다. 게다가 그 날은 눈이 와서 여기저기 살얼음도 얼어 있었다. 조심조심 다리를 건너다 그만, 아니나 다를까 미끄러져 개천으로 떨어지고 말았다. 약 3, 4미터 정도 되는 높이에서 추락한 것이다. 까마득했다. 벌렁 누운 자세가 되니 하늘이 대번에 내 눈앞에 펼쳐지는 게 느껴졌다. 불행 중 다행으로 떨어진 자세가 앉은 자세여서 그나마 충격을 덜 받을 수 있었지만 나는 그 때 꼭 죽는 줄로만 알았다.

"얘, 안 다쳤니?"

마침 어떤 아저씨가 지나가다 나를 발견하고는 집에 데려다 주었다. 집에서 옷을 갈아입고 다시 걸어 학교를 갔던 생각이 난다. 지금 생각해도 아찔한 기억이 아닐 수 없었다.

또 한 번은 자전거를 타고 아이들과 함께 하교할 때의 일이었다. 자전거를 타고 가다가 아이들의 장난기가 발동했다. 중학생 때라면 한참 장난이 심할 때이긴 했다. 친구 녀석이 다소 위험하게 다리 위에서 자전거를 몰았다. 그 뒤의 짐받이에 탄 나는 마음이 조마조마했다. 그러다가 그만 나는 흔들리는 자전거에서 버티지 못하고 떨어져 다리 밑으로 추락했다. 그 때도 역시 다행스럽게도 이전과 마찬가지로 크게 다치진 않았다. 하지만 그 두 번의 사건 이후, 나는 다리를 건널 때 늘 엄청난 집중력을 발휘해 떨어지지 않도록 애를 썼다.

그 두 번의 위기를 넘어선 더 큰 위기가 중학교 1학년 때 있었다. 시험이 끝나고 아이들과 단체로 극장을 갈 때의 일이었다. 그때는 별다른 오락이 없어서 그렇게 학교에서 단체로 영화 관람을 하곤 했다. 원주 시내에 있는 극장에 〈쿼바디스〉라는 영화를 보러 갔는데 사람들로 온통 만원이었다. 시내의 학교가 다 몰려온 것 같았다. 심지어 설 자리조차 없었다. 그래도 나는 영화를 보고 싶은 마음에 사람들 틈을 비집고 들어갔다. 한 사람 한 사람 제치고 들어가서 맨 뒤의 의자에 마침내 도달했다. 내 뒤에는 엄청난 인파가 밀려들고 있었지만 아무튼 영화는 그럭저럭 볼 수 있었다.

폭군 네로가 방탕하고 퇴폐적인 생활을 하면서 신흥 종교인 기독교에 대한 무자비한 탄압을 시작하고, 마커스 비니키우스 역을 맡은 로버트 테일러가 궁정의 타락한 축제에서 아름다운 리지아 역을 맡은 데보라 커를 만나 사랑에 빠지는 스토리의 영화는 그야말로 흥미진진했다. 결국 기독교인들은 로마에 대화재를 일으킨 네로의 죄를 덮어 써 사자의 밥이 되는 것이었다. 지금 생각해도 볼거리가 많은 대작 영화였다.

문제는 영화가 끝난 뒤였다. 극장에 불이 켜지자 한꺼번에 어찌나 많은 학생들이 앞 다퉈 몰려나가는지 맨 뒤의 붙박이 의자가 뒤로 넘어갈 지경이었다. 출구는 사람들을 감당하기엔 너무 좁았고, 그 사이에 낀 학생들은 좀처럼 줄어들지 않았다. 그러다가 나는 그만 인파 속에서 떠밀려 뒤로 넘어졌다. 이미 목발은 누군가에게 밟혀 두 동강이 나 있었다. 여전히 내 뒤로는 사람들이 밀려왔다. 도저히 사람들 틈을 나 같은 장애아가 빠져나올 상황이 아니었다. 입고 있던 옷은 찢겨 너덜너덜해져 있었다. 잘못하면 사람들의 경솔한 발길질에 다칠지도 모르는 위기의 순간이었다.

그 때였다. 누군가가 나를 뒤에서 번쩍 안아 밖으로 구출해냈다. 나는 그저 낯선 이의 손길에 나를 맡겼다. 그는 인파를 뚫고 나를 영화관 로비로 꺼내 주었다. 고맙다는 인사를 하려고 보니 그 사람은 고교생 교복을 입고 있었다. 아마 근처 고등학교에서 영화를 보러 왔다가 나를 보고 구해준 모양이었다. 명찰을 보니 '김정수'라는 이름이 새겨져 있었다.

"안 다쳤니?"

"네."

정신이 반쯤 나간 나는 그 이상 대답할 수 없었다. 그는 내 두 동강난 목발도 교련복 각반 끈으로 단단히 묶어서 쓸 수 있게 해주었다. 그가 씩 웃으며 내미는 목발을 나는 감사히 받았다.

"가, 감사합니다."

하지만 감사하다는 말로도 모자랄 정도였다. 교복을 보니 원주농업고등학교에 다니는 것 같았다. 나는 내 머릿속에 학교와 그 이름을 똑똑히 새기고 나중에 제대로 감사 표시를 하기로 했다.

집에 와서 부모님께 그 얘기를 하니 매우 다행스러워 하셨다.

"원주농고 교장에게 부탁을 해서 그 학생 선행상이라도 수여해야겠다."

아버님이 단단히 별렀지만 나중에 수소문을 해 보니 원주농고에는 김정수라는 학생이 없다고 했다. 그 소식을 들은 나는 적잖이 놀랐다. 분명히 김정수라는 이름이 새겨진 명찰을 두 눈으로 똑똑히 보았고, 원주농업고등학교 교복이란 것도 확인했는데 어떻게 된 일인지 알 수 없었다. 혹시나 해서 더 알아봤지만 그 학생의 흔적은 찾을 수 없었다. 그 후에도 나는 다시 그를 보지 못했다. 개인적으로 그 부분이 매우 아쉽다. 제대로 감사 인사조차 하지 못했기에 더더욱 그랬다. 혹여 이 책을 읽고 연락이 닿았으면 꼭 은혜를 갚고픈 심정이다.

잉여에서 모범으로

공부에 몰두하면서 나름대로 활기찬 생활로 중학교 시절을 보내다 보니 어느덧 고등학교 입시철이 다가왔다. 나의 성적은 항상 전교 3등 이내를 유지했다. 그래서 늘 정문에 붙이는 방(榜)에 내 이름이 쓰여 있었다. 왜냐하면 그 때는 교내의 시험에서 전교 1등부터 3등인 학생은 대문짝만하게 이름을 걸었기 때문이다.

그 당시 원주시 중학교들의 제일 목표는 바로 지역 최고 명문고인 원주고등학교에 최대한 많은 학생들을 보내는 거였다. 특히 입학 성적 1등부터 10등까지의 학생들 가운데 어느 학교 출신들이 가장 많은가, 수석입학을 누가 하는가에 따라 학교의 명예가 결정된다고 생각했기에 중학교 간 경쟁이 무척 치열했다. 모교인 원주중학교 선생님들은 바로 내가 원주고 수석입학을 바라볼 수 있는 학생이라고 생각했다. 늘 일정한 성적수준을 유지했기 때문이다.

그러나 나에게는 커다란 걸림돌이 있었다. 대부분의 장애 학생들과 마찬가지로 체력장이었다. 체력장은 20점 만점이었는데 이름만 체력장이었지, 매우 간단한 통과 의례와도 같은 시험이었다. 웬만한 비장애학생들은 전부 만점을 받았다.

하지만 나에게는 아니었다. 체력장에서 요구하는 종목들을 제대로 치를 수 없었기 때문이다. 그런 학생들에게는 학과점수에 상응하는 체력장 점수가 주어졌다. 18점이었다. 무려 2점이나 손해를 본 것이다. 당시 고등학교 입시는 0.1점 차로 당락이 갈리곤 했기에 2점은 매우 큰 점수였다. 그래서 나는 나머지 과목을 더욱 잘 봐야했다. 그 어느 때보다 더 열심히 공부를 했다. 완벽하지 않으면 수석을 할 수 없었다.

마침내 입학시험을 치렀고, 결과가 나왔다. 전체 8등이었다. 체력장의 불리함을 딛고 그래도 10등 안에 든 것이다. 다른 중학교에서도 최상위 권을 차지한 학생들이 모조리 원주고등학교에 진학을 했으니 치열한 경쟁이 예고되는 시점이었다.

당시 원주고등학교는 신입생들을 우열반으로 갈라놓았다. 그 중 1반과 7반이 우등반이었고 나머지는 모두 열등반이었다. 입학 성적 1등부터 120등까지 우등반에 들어갔는데 물론 거기에는 나도 포함되어 있었다.

그러다가 2학년 때는 문과와 이과로 반이 갈렸다. 나는 이과를 택했는데 일곱 반 중에 무려 여섯 반이 이과 반이었다. 문과 반은 반대로 60명이 한 반이 되었고, 나머지 이과 여섯 반은 성적순으로 우열을 나누었는데, 내가

합 격 통 지 서

수험번호   **3?3**   번

성 명   **김 광 성**

위의 사람은 1976학년도 본교

제1학년 신입생 전형시험에 합격

하였기 이에 통지함.

1975년 12월 14일

원주고등학교장 이   병   춘

속한 2학년 7반은 그 중에서도 최우등 반에 속하는 학급이었다. 2학년 이과생 성적 1등부터 60등까지가 같은 반이었던 것이다.

학교는 철저히 성적 시스템, 그리고 대학 입시 위주로 학생들의 학급을 구성했다. 성적순대로 반을 배열한 것도 그랬지만, 무엇보다 학교 측에서 학생들로 하여금 이과로 갈 것을 종용한 면에서 나는 그 점을 가장 크게 느꼈다. 학교가 학생들을 이과로 보내려 한 이유는 간단했다. 서울대를 최대한 많이 보내기 위해서였다. 당시에도 서울대는 최고 명문대학교였는데 당연히 학교마다 어디가 가장 서울대를 많이 보내느냐로 좋은 학교의 판단이 내려졌다. 경쟁이 치열할 수밖에 없었다. 원주, 강릉, 춘천 등 강원도 대도시의 고등학교 간의 경쟁이 특히 거셌는데, 더구나 원주고등학교는 원주시를 대표하는 고등학교였기에 그런 경쟁의식이 더욱 강했다. 이과로 학생들을 진학 지도하는 이유는 이과 계열 학과를 통해 서울대로 진학하기가 더 쉬웠기 때문이었다.

당시에는 대학에 문과보다는 이과 쪽에 더 많은 학과들이 있었다. 의대나 약대를 포함해 공대, 농대, 자연대 등 여러 단과대에 여러 학과들이 존재했다. 반면에 문과는 법대나 경영대 등이 당시에 내세울 만한 정도였는데 문과생들 사이에서 엄청나게 경쟁이 치열했다. 그래서 학교 측에서는 서울대 진학의 실패율이 높은 문과를 일부러 적게 배정했다.

학교 자체가 무조건 서울대라는 분위기이다 보니 고 3이 되자 학급 공기는 무척 살벌해졌다. 오죽하면 다시 태어나도 고 3은 되기 싫다는 생각을 어른이 된 지금도 내가 하고 있을 정도일까. 당시 고 3은 아침 6시까지 등교해야 했다. 아무리 애써도 정규수업과 보충수업, 야간자율학습까지 하다 보면 자정이 되어서야 집에 갈 수 있었다. 이러니 체력적으로 극심한 피로가 올 수밖에 없었다. 집에 가서 씻고 책을 좀 더 보다 보면 어느새 한 시였다. 게다가 학교 갈 준비를 해야 하니 5시쯤에는 일어나야 했다. 이러니 4시간 정도밖에 잘 수 없었다. 그야말로 사당오락(四當五落)이었다. 4시간 자야 붙고, 5시간 자면 떨어진다는 완전한 체력 싸움이었다. 그 때 나는 정말 공부하는 기계가 된 것 같았다. 학교에선 오로지 공부만을 부르짖었고, 주위 친구들도 모두들 공부만 열심히 하고 있었다.

시간이 흐르자 나의 체력으로는 도저히 버틸 수 없었다. 결국 담임선생님한테 사정을 말씀드렸다.

"선생님, 여섯 시까진 도저히 학교에 못 나올 것 같습니다. 아홉 시까지 나오면 안 되겠습니까? 그리고 저녁에도 자정은 너무 늦은 것 같습니다. 열 시로 제 하교 시간을 당겨 주십시오."

그렇게 말했더니 선생님은 특별히 배려하겠노라고 했다. 그날 이후 그나마 휴식 시간이 많아져서 조금 숨통이 트였다. 하지만 계속된 강행군으로 인해 체력은 떨어질 대로 떨어져 있었고, 성적도 반에서 중간 정도를 맴돌았다. 난생 처음 받아보는 낮은 등수에 나는 상처를 크게 받았다. 그 동안 늘 전교 10등 안에는 우습게 들었기에 두 자릿수 등수는 너무도 생경했다. 그렇게 고등학교 시절엔 거의 공부로 시간을 보내면서 아울러 내 한계를 절감하기도 했다.

어느덧 시간은 흘러 찬바람이 불고 낙엽이 다 지고 나자 대학 입시철이 다가왔다. 그 때는 지금처럼 수능을 보는 게 아니라 일괄적으로 예비고사를 본 뒤, 자기가 지원한 대학교의 본고사를 치러야 했다. 두 시험의 점수를 합산하여 당락을 결정지었다.

대학입시는 요즘처럼 가나다 군이 있는 것이 아니라 전기 후기, 단 두 차례가 있을 뿐이었다. 소위 말하는 서울대 연세대, 고려대 등이 전기 대학이라면 성균관대, 한양대, 동국대 등이 후기 대학이었다. 우선 어느 학교를 갈지 지역을 선택하고 학과도 결정해야 했다.

그런데 여기서 또 하나의 딜레마가 찾아왔다. 나는 과연 어느 학과를 갈 것인가, 하는 고민이었다. 사실 내게 가장 잘 맞는 학과는 공대 쪽이었다. 특히 그중에서도 건축에 관심이 많아 틈틈이 관련 서적을 취미삼아 보곤 했다. 그러나 여러 현실적인 이유로 인해 결국 약대 진학을 결정했다. 부모님의 권유도 있었고, 무엇보다 약대를 나와 약국을 개업하면 안정적으로 먹고 살 수 있다는 통념 때문이었다. 무엇보다 장애인이라는 나의 불리한 조건이 더더욱 안정을 추구하게 만들었다.

그런데 당시에는 장애인 편의시설이 미비한 학교들이 대다수였다. 아니 아예 합격해도 받아주지 않는 경우가 많았다. 공립대는 그나마 좀 나았다. 사립대는 차별이 무척 심해 장애인들은 사실상 학교생활을 하지 못할 정도였다. 그래서인지 장애인들을 거의 뽑아주지 않는다고 봐도 과언이 아니었다. 게다가 공대나 자연대 쪽은 실험실습을 많이 해야 했기에 장애인들을 원천적으로 뽑지 않았다. 그것이 또 내가 약대를 선택한 이유이기도 했다.

그래서 내가 갈 수 있는 학과는 사실상 국립대 약대 정도였다. 그렇다 보니 서울대 약대가 일차 목표가 될 수밖에 없었다. 그러나 예비고사 채점 결과 서울대 약대에 진학하기에는 내 점수가 조금 모자랐다. 예비고사에서 약점이었던 과목들이 발목을 잡은 것이다. 전 과목을 다 치르기에 나는 이과였음에도 불구하고 역사, 지리 등 문과 과목들도 함께 공부해야 했다. 그런데 나는 국사와 세계사 등 역사 분야에 유난히 약했다. 아무리 봐도 역사 과목은 도저히 감이 안 오는 거였다. 영어나 수리는 언제나 최상위 점수를 맞았음에도 그런 과목들에서 발목이 잡힌 때문이었다.

결국 나는 다른 국립대를 알아봐야 했다. 집에서 가장 가까운 대학을 조사해 보니 그나마 충북대가 있어서 그리로 진학을 결정했다.

내가 대학교에 진학하는 데엔 정립회관의 황연대 관장님의 조언이 컸다. 황관장님은 1938년 서울에서 출생하셔서 세 살 때 소아마비에 걸리신 분이었다. 그 뒤 진명여고를 거쳐 이화여대 의과대학을 졸업하고 세브란스 병원 소아재활과에 근무하시다 우리나라 최초의 복지관이라 할 수 있는 정립회관을 설립하셨다. 일생을 통하여 장애인들의 복지를 위해 살아오신 관장님은 장애인의 권리와 장애인 체육 발전을 위하여 혼신의 힘을 쏟았다.

"소아마비 장애의 약점을 이겨내고 대학을 꼭 가고 싶어요."

황관장님은 내 이야기를 듣고는 진지하게 말씀하셨다.

"소신껏 국립대 약대에 지원해. 그런데 만일 장애를 이유로 떨어뜨리면 국가에 소송을 제기해."

소중한 조언이셨지만 사실 내 성적으로는 충북대 약대에 붙고도 남았다. 그럼에도 떨어진다면 분명히 장애인에 대한 편견이 자리하고 있을 거였기 때문에 황관장님이 나에게 굴하지 말라고 용기를 불어 넣어주신 거였다. 그렇게 해서 충북대 약대에 나는 지원을 했다. 그래도 충북대의 학과 중에선 가장 전통도 있고 인지도도 높은 학과가 약학과였다.

입학시험을 보기 전에 부모님이 충북대 약대 학장을 찾아가, 면접에서 떨어뜨리기로 할 거면 아예 지원하지 않겠다고 엄포를 놓았다. 고등학교 들어 부모님과 함께 하는 시간이 줄긴 했지만 여전히 부모님은 내게 없어선 안 되는 멘토이고 지주였다. 부모님은 내 대학 입시를 준비하느라 여러 정보도 많이 수집했고, 여기저기 발품을 팔기도 했다. 그러고 보니 내가 대학교에 진학을 할 때 정말 신세져서 감사를 표시할 분들이 많은 것 같다.

"일단 목발을 짚고 서서 지탱할 수만 있으면 붙여 주겠습니다."

다행히 그 정도는 할 수 있었기에 며칠 뒤 입학시험과 면접을 봐서 당당히 합격을 했다.

충북대는 캠퍼스가 전체적으로 평탄해서 지체장애인들이 다니기에 좋았다. 그래서인지 캠퍼스에 유난히 장애인들이 많았다. 약대에만 무려 열 명은 되는 것 같았다. 아무래도 나 같은 상황에 처한 장애인들이 대부분 비슷한 선택을 한 모양이었다.

　그러나 학과 공부는 나와 잘 맞지 않았다. 약학 자체가 암기를 싫어하는

나와는 거리가 먼 학문이었다. 그런데 전공과목은 대부분 암기가 필수 요

소였다. 특히 생약학 과목이 가장 싫었는데, 약초나 약용 식물의 학명을 일

일이 다 외워야 했기 때문이다. **학명은 대부분 라틴어로 되어 있어서 외우**

기도 어려웠고, 입에도 잘 붙지 않았다. 예를 들어 감초의 학명은 글리시

리자에 리조마(Glycirryhizae rhizoma), 당귀의 학명은 안게리카에 기가스

(Angelicae gigas)였는데 어찌나 길게 늘어져 있는지 아무리 읽어도 눈에 들어오지 않았다. 머리가 다 지끈지끈했다. 다른 과목도 크게 다르진 않았다. 미생물학에서는 세균이나 바이러스 이름을 다 외워야 했고, 화학 시간에는 온갖 화학 기호들을 줄줄 머릿속에 집어넣어야만 했다. 이러니 영 적성에 맞지 않을 수밖에.

서서히 공부할 마음이 식어 버렸다. 더구나 서울대나 연세대, 고려대 등 명문대에 충분히 갈 수 있을 거라 생각했는데, 생각지도 않던 대학에 오게 되어 속이 상한 부분도 있었다. 당시의 원치 않았던 학교의 학과를 다니는 학생들이 대부분 겪는 방황을 나도 겪은 것이다.

그러다가 3학년이 되었다. 나는 지금껏 약대만 졸업하면 약사가 자동으로 되는 줄 알았다. 그런데 약사 자격증을 따려면 이와는 별도로 국가고시를 봐야 한다는 것이 아닌가. 그 말에 나는 적이 놀랐다. 지금껏 그런 기본적인 사실조차 제대로 확인하지 않았던 나 자신에 대한 자괴감이 문득 떠올라왔다.

'이건 아니다. 정신 차려야겠다.'

그때부터 나는 다시 정신무장을 새롭게 했다. 3, 4학년 때 마음 딱 잡고 열심히 해서 성적을 많이 올렸다. 모든 과목을 전부 A+를 맞은 것이다. 1, 2학년 때 방황해서 공부를 하지 않은 몫까지 다 하느라 사실 많이 힘들었다. 이 세상엔 절대 공짜가 없기 때문이다. 그래도 무사히 졸업을 하고 직업을 얻기 위해서는 어쩔 수 없었다. 대가를 지불해야 했기 때문이다. 그야말로

두 얼굴의 대학生活이었다. 잉여학생에서 모범생으로. 극적인 정체성의 변
화였다.

나의 형제들

우리 집 형제들은 6남매다. 그 가운데 나는 막내아들이다. 누나 셋에 형님이 두 분, 그리고 나. 이렇게 형제가 구성되어 있는 것이다.

이 가운데 가장 먼저 이야기할 사람은 바로 하남에서 산부인과를 운영하는 나의 누님이다. 나머지 누님 두 분이 미국에 거주하시기에 한국에 살고 있는 분은 산부인과 하는 누님밖에 없다. 그 누님은 나와 나이 차이가 7년이나 나는데 워낙 머리가 좋고 의욕도 강하고 목표한 바가 있으면 절대 놓치는 법이 없는 성격이었다. 누님이 대학생일 때 나는 초등학생이었다. 그 당시 나는 시골에서 초등학교를 다녔고, 누님은 서울에서 대학을 다니고 있었다. 고려대학교 의대를 다니던 누님은 나와 자주 만나기도 힘들었다. 그 누님에게 나는 어렸을 적에 강력한 감화를 받은 적이 있었다. 나에게 용기를 주는 한 마디를 해주었던 것이다. 당시에도 나는 장애에 대해서 비관을 하거나 장애가 문제가 되고 있지 않을 때였다. 그렇지만 누님은 그런 나에게 어느 날 말했다.

"광성아, 네가 장애를 갖게 된 것은 네가 나중에 하나님에게 영광을 돌리기 위해서란다. 그렇기 때문에 조금도 속상해 하거나 비관할 필요가 없다."

누님은 아마 대학 시절 교회를 열심히 다닌 듯하다. 어렸을 때 나에게 용기를 준 한 마디가 바로 그것이었다. 장애를 가졌지만 그 장애를 통해 이 땅에 내가 온 소명을 다하는 것. 그것이 내 장애의 의미임을 누님은 알고 있었던 게다.

그 뒤 누님은 한 번 더 내 인생에 중요한 지침을 주었다. 대학 진학을 놓고 고민할 때 누님은 나에게 결정적인 영향력을 행사했다. 내가 의대를 가고 싶어 했는데 그러한 욕망을 포기하게 된 가장 큰 이유가 누님이었기 때문이다. 그 무렵 누님은 산부인과 레지던트 1년차였다. 그렇다보니 인턴과 레지던트를 해본 경험상 나와 같은 장애를 가진 학생은 의대에서 견뎌낼 수 없음을 알았던 것이다.

"네가 의대를 입학할 수는 있을지 모르지만 현실적으로 의사가 되는 건 거의 불가능하다. 교과 과정도 문제지만 나중에 의사가 되기 위한 인턴 레지던트 생활 자체가 힘들어."

누님의 말에 의해 나는 진로를 약대로 선회하게 되었던 것이다.

학창시절 누님은 그렇게 나의 인생진로에 큰 영향을 끼쳤다. 호탕하고 남자다운 누님은 여걸이라고 해도 과언이 아니다. 그랬기에 공부도 열심히 했던 것이다. 명문 이화여고를 나오고 숱한 시험과 경쟁에서 싸워 이긴 누님이었다. 인제여중에서 이화여고를 간 사람은 역사 이래 처음이었다고 할 정도니 얼마나 열심히 공부했는지 알 수 있다. 그렇게 지독하게 공부했던 누님이 나중에 병원을 개업하고 내가 약국을 하면서 하남에서는 남매가 하남의 돈 다 긁어모은다는 이야기가 돌 지경이었다.

그 무렵 아버님은 정년퇴직을 하신 뒤 하남으로 올라오셔서 누님 병원의 앰뷸런스 기사 역할을 하셨다. 건강하고 적극적이시던 아버지는 무료한 시간을 견디지 못하고 항상 활동적이고 정정하셨다. 칠십이 넘은 연세에 구급차 운전을 하셨고 시간이 날 때면 병원 부근을 쓸고 닦는 일도 도맡아 하셨다. 사람들이 그런 아버님을 기사취급 하거나 청소부처럼 대해도 전혀 우리 딸이 여기 병원 원장이라고 말하는 적이 없었다. 그만치 겸손하시고 그만치 당당하신 분이었다. 그것은 돈 때문에 하는 일이 아니라 딸을 위해 하는 것이라 항상 자랑스러웠다. 게다가 아침 일찍 나의 약국 문도 열어주고, 늘 약국까지도 챙기셨다. 지금 돌이켜보면 아버님의 그런 은혜가 하해와 같은데 제대로 효도하지 못한 것 같아 마음이 아프다.

아버님은 더 사실 수 있는 분이셨는데 어느 날 갑자기 자리에서 일어나지 못하셨다. 다리가 아프다고 하시는데 한번 화장실에서 넘어져서 대퇴부에 골절이 있으셨던 거였다. 힘들게 그 골절된 다리로 돌아다니시다가 결국 발병을 하신 셈이다.

정형외과에 가서 사진을 찍고 진찰을 해보니 의사는 연세 드신 분이 이렇게 몸을 움직이지 못하면 활동량이 줄어서 삼개월밖에 못 사신다는 거였다. 자식 된 도리에서는 수술을 해야 되는 게 아니냐 싶은 생각에 가족회의 끝에 95세인 아버지의 건강상태를 점검해보니 수술이 가능하다는 결론이 나왔다. 결국 의사가 아버님 몸에 칼을 대고 말았다.

수술이 잘 되고 회복만 기다리면 될 것 같았는데 운명은 알 수 없었다. 수술 후유증으로 보름 만에 돌아가시고 말았으니. 그냥 모셨으면 삼 개월 사실 분을 수술해가지고 돌아가시게 만든 셈이었다. 검사한다고 식사 안 드리고, 이것저것 스트레스를 받으니 체력이 떨어져서 15일 만에 돌아가신 것이 지금도 천추의 한이 된다. 만일 골절만 되지 않았으면 110세까지 사실 것 같았는데. 노인들에게 낙상은 정말 결정적으로 수명을 단축시키는 무서운 질병이 될 수도 있다는 사실을 다시 한 번 깨달았다. 대개 노인들은 암 아니면 골절로 돌아가시게 됨을 나도 겪어서 알게 된 것이다.

아무튼 이렇게 누님과의 관계는 친밀하게 잘 유지되다가 의약분업이 시작되면서 누님은 병원의 입장이고, 나는 약국의 입장이 되면서 직업적으로는 반대편에 서게 되고 말았다. 덩달아 의약분업이 되면서 약국은 내리막길로 접어들었다. 병원 30군데에서 손님들이 찾아올 정도가 되니 약 종류는 많고, 관리가 안 되며 이익은 별로 남지 않는 상황이 되었다. 새롭게 수지의 약국 자리로 옮기게 된 것도 그러한 의약분업이 계기가 된 거였다.

수지의 현재 약국을 얻은 계기도 재미있다. 수원의 베데스다 사중주 멤버인 장애인 동료 이강일 씨에게 우리 딸이 바이올린을 배우러 다니는 동안에 집사람이 수지 지역을 많이 둘러보게 되었다. 결국 좋은 자리에 약국을 차리게 된 것도 아내가 나섰기 때문에 가능한 일이었다. 말 나온 김에 아내 이야기를 이 대목에서 하지 않고 넘어갈 수 없다.

아내는 결혼할 때부터 공부나 무엇을 배우는 것에 대한 열정이 남다른 여자였다. 나 역시도 악기라든가 목공 혹은 전자제품 조립 등등을 배워서 익히는 것을 좋아하는 기질이 있었지만 아내는 나보다 더 적극적이고 능동적이었다.

처음에 배우기 시작한 것은 수묵화였다. 문화센터 같은 곳에서 다니면서 동양화를 배운 것이다. 그 뒤로는 꽃꽂이를 또 배웠다. 그 꽃꽂이도 경지에 올라갈 정도였다. 그 뒤로는 헤어디자인을 배웠다. 그리하여 샵을 낼 정도는 아니지만 자격증을 따서 남들의 머리를 깎아주며 봉사할 정도까진 되는 거였다. 그담에 수상스키. 스킨 스쿠버. 골프같은 운동도 거의 만능이 되었다. 하루는 아내가 나에게 패러글라이딩을 해보고 싶다고 말해서 나는 그것만은 말렸다. 생명에 위험이 있는 것이기 때문이다. 아내는 이처럼 못 하는 것 없이 모든 운동을 다하는 여자다.

대개 운동을 좋아하는 사람들은 성격이 활달하다. 내성적이거나 안으로 침잠하는 것이 아니라 호탕하고 활발하다보니 상대방에 대한 이해와 배려심도 많아지는 것 같다. 아내의 활달함은 바로 그러한 적극성과 운동을 좋아하는 스포츠 정신 때문인 듯하다. 그러면서도 또 시간이 날 때면 약국에 나와 나의 보조 역할을 하면서 함께 일도 한다. 아내는 약국 관리하는 면에서는 거의 약사이상 수준이고, 고객관리하거나 매니지먼트 하는 데 있어서는 나보다 훨씬 뛰어난 능력을 보인다. 손님들 중에는 친절하게 잘해준다면서 아내만 찾는 사람도 있다. 어떤 제품을 썼는데 그 제품이 좋더라며 아내를 찾아 상담하는 사람들도 있다. 대개 아내들은 남편의 분야에 대해서 전문가가 되기 마련인데 우리 아내도 예외는 아니었다.

한편 누님이 아무리 환자를 밀어준다고 해도 의약분업이 되고 나니 산부인과의 경우는 처방전도 많이 나오지 않아서 큰 도움이 될 수 없었다. 그 뒤로 내가 수지로 옮겨오면서 누님과는 본의 아니게 이별을 할 수밖에 없게 되었다. 누님은 지금 산부인과와 요양병원 두 개를 운영하면서 여전히 하남에서 병원경영을 잘 하고 있다.

둘째 형님은 나와 나이 차이가 너무 많이 나서 함께 한 기억이 별로 없다. 내가 초등학교 다닐 때 형님은 가끔 방학 때 집에 내려오실 때 나에게는 동화책을 읽어주셨다. 동화책을 읽어주면 나는 정말 상상의 세계로 빠져들었다. 게다가 형님은 내가 보조기를 차고 동네를 돌아다닐 때 격려해주며 한 바퀴 더 돌라고 응원해주곤 하셨다. 대학을 졸업한 뒤 지금은 미국에 가서 자리를 잡았다.

그 다음에 인간적으로 각별한 느낌을 갖는 분이 바로 내 위 누님이다. 나를 학교 다닐 때 늘 업어주던 누님은 나와 나이 차이도 두 살밖에 나지 않았다. 56년생인 누님은 나를 위해 희생을 많이 하신 분이다. 같은 초등학교를 다니다보니 나와 제일 친해지고 부대끼며 살았다. 내가 그 누님에게 영향을 받은 것은 어른이 다 되어서였다. 그 영향이라는 건 다름 아닌 종교적인 면에서의 그것인데, 내가 언젠가 미국에 여행을 간 적이 있었다. 누님네 가족과 우리 가족이 함께 미국에서 함께 레저용 자동차인 RV를 빌려 여행을 하는 길에 누님이 문득 나에게 한 마디 질문을 던졌다.

"광성아, 너 오늘 죽으면 천국 갈 수 있니?"

그 말을 듣자 나는 충격으로 뒤통수를 한 대 맞은 것 같았다.

"누님 천국을 내 의지로 가는 거 아니잖소? 하늘에 가면 심판을 받아서 어디로 갈지를 결정 받는 거 아니오? 이다음에 죽으면 나는 하느님의 뜻대로 갈 거라고 생각해요."

그 말에 누님은 대답했다.

"광성아, 천국은 구원의 믿음으로 가는 거야."

모태신앙이었지만 그때까지 교회는 깊은 믿음 없이 다니고 있었기에 나는 이해가 잘 되지 않았다. 착한 일을 해야만 천당 가는 줄 알았던 나로서는 큰 충격이었다. 누구에게 별로 잘못한 일이 없는 나로서는 천당 가는 것이 크게 어렵지 않을 거라고 생각하고 있었다. 그런데 누님은 믿음에 의해서 간다는 말을 하는 거였다.

훗날 나는 믿음과 구원에 대해서 깊이 생각을 하게 되었다. 그 결과 성경을 읽고 깊은 묵상을 통해 나는 어떤 결론에 도달하게 되었다. 이 땅에 온 모든 사람은 죽음 이후 자신의 영원한 시간을 누구와 살 것인가를 결정해야 한다. 예수 그리스도와 함께 천국에서 살 것인가? 아니면 사탄과 함께 지옥에서 살 것인가를 선택해야만 한다는 의미다. 그런데 우리 인간은 모두 하나님이 천국에 살도록 설계를 하신 존재다. 그렇기에 우리는 마음속에 예수 그리스도를 구원의 주로 받아들여야만 한다. 그런데 대다수의 사람들은 그 마음속에 예수 그리스도를 모시지 않고 세상의 그 무엇인가로 그 자리를 채우려고 심령이 목말라하며 방황하고 있다. 부와 명예, 돈과 권력은 결코 우리의 마음을 채울 수도 없고, 그런 것으로 천국을 갈 수도 없다. 오로지 우리의 마음속은 그리스도로만 채울 수 있다. 믿음이 있어야만 천국을 갈 수 있고, 은혜로운 삶을 살 수 있게 되는 그리스도와 나의 관계는 참으로 신비롭다. 그렇기에 예수 그리스도는 나를 창조하신 창조주이시며, 또한 나를 구원할 구원주인 셈이다.

고교 재학시절 아버지, 어머니. 형님과 누님 내외분들과 함께

그런 생각 끝에 천국은 나의 믿음의 확신으로 가는 것이라는 사실을 깨닫게 되었다. 그러자 당시에 누님이 나에게 얘기한 것의 의미를 알게 되었다. 그 당시 나는 상당히 충격을 받았지만 신앙적으로는 누님 덕에 새롭게 깨달음을 얻은 거였다. 그리고 나는 수지의 지구촌 교회를 다니면서 성경 공부를 하고 새 생명 교육을 받으면서 성령이 임하여 천국에 대하여 새로운 개념을 갖게 되었는데 그 모든 것은 이미 누님이 질문함으로써 열어준 것이라 할 수 있다.

아내의 경우는 지구촌교회 이동원 목사님 말씀을 들으면서 구원을 얻었다. 우리 부부는 그렇게 해서 신앙을 깊이 가지게 된 부부다. 하나님의 은혜가 없다면 우리는 오늘날까지 올 수 없었으리라 생각한다. 바로 이 누님은 나를 학교에 업고 다녔을 뿐만 아니라, 동네에 침 맞으러 다닐 때도 늘 업고 다녔다. 한의원에 가서 침 맞고 나면 집에 데리고 오는 역할을 했다.

누님은 지금도 꿈을 꾼다고 한다. 전쟁이 나는 꿈인데 그 꿈에서 항상 동생인 나를 어떻게 데리고 피난을 갈까 고민한다고 했다. 전쟁 나서 피난 가는 꿈을 지금도 꾼다는 것을 보면 어린 나이에 누님에게 나는 무겁게 책임 지워진 존재였던 것 같다. 어린 시절 김일성이 환갑잔치를 서울에서 한다는 말이 떠돌 정도였으니 반공이데올로기에서 기인된 강박관념이 누님 뇌리에 강하게 박혀 있었던 것 같다. 남자들이 군대 갔다 온 뒤에 군대 다시 가는 꿈을 꾸듯이 누님은 나를 전쟁이 나면 구출해서 업고 피신하는 꿈을 꾸는 것이다.

누님은 지금 미국에서 유치원 교사로 활동하고 계신다. 사람을 사랑하고 배려하는 마음이 있어서 아이들도 예뻐하며 그 성격에 따라서 사랑을 실천하는 유치원을 만들고 있다. 누님에게 진 마음의 빚을 나는 어떻게 갚아야 할지 모른다.

제일 위의 큰형님은 내가 중학교 다닐 때 우리 학교 선생님이셨다. 큰형님은 이제 칠순이 넘으셨는데 내가 공부를 잘하기 때문에 학교에서도 늘 뿌듯하게 여기셨다. 동생이 전교에서 날리는 성적을 가지고 있으니 형님 입장에서도 기분이 좋을 수밖에 없었으리라. 그 형님은 어린 시절 내가 초등학교 때 군대를 갔다 오고 나서 서울로 유학을 가지 않고 잠시 집에 머무르면서 나에게 멘토 역할을 많이 해주셨다. 초등학교 때 소풍을 갈 때면 나는 다른 아이들과 어울려 가지 못하기 때문에 형님과 함께 따로 소풍을 가게 되었다. 아예 별개의 장소에 형님의 자전거 뒤에 앉아서 가는 거였다. 어머님이 나에게 그렇게 시키셨다. 학교 소풍을 가지 못하기 때문에 집에 남아 있는 외로움을 삭히기 위해 나름의 소풍을 가게 된 것이다. 형님과 함께 아름다운 전원의 풍경을 가로지르며 산골짜기 계곡에 가서 함께 도시락을 먹고 놀다 오던 것이 소중한 추억으로 나에게 남아 있다. 큰 형님과는 그렇게 몸으로 부대꼈던 정이 있었다.

하지만 둘째 형님은 공부를 강조하는 형님이었다. 맨 위의 큰 형님과는 대조적이었다. 어린 마음에는 인간적인 형님이 더 가깝게 느껴지는 법이었다.

큰 누님은 어렸을 때 시집을 가서 기억이 잘 나지 않는다. 지금은 LA에 살고 계신데 어렸을 때 헤어져서 뿔뿔이 멀리 가게 되니 형제지간도 가까이 살며 살을 맞대고 자주 만나야 정이 드는 법인가보다. 민들레 홀씨처럼 흩어졌지만 한 때 한 뿌리에서 나왔다는 인연만은 잊거나 지울 수 없는 것, 그게 형제간의 우애인 듯하다.

3

도전 그리고 더 센 응전

여자친구, 그리고 졸업 직후

대학 4학년 때는 공부도 열심히 했지만 동시에 어떻게 하다 보니 여자 친구도 사귀게 되었다. 그 여자가 바로 지금 내 아내인 A양이다. A양을 처음 만난 건 2학년 때였다. 나는 당시 고등학생이었던 A양의 과외선생님이었다. 돈을 벌어야 해서 열 명 정도의 고등학생들에게 영어와 수학 과외를 해 주었는데 그 중 한 명이 바로 그녀였던 것이다.

당연히 그때부터 A양을 아내로 맞을 생각을 한 건 아니었다. 아니, 여자 친구가 될 거라는 생각조차 못했다. 그 때 나는 대학생이었고 A양은 고등학생이었으니 턱없이 어리게만 보였던 것이다. 그때는 그냥 과외선생과 제자의 관계였다. 내가 영어 단어와 수학 공식을 가르쳐 주면 A양은 그걸 충실하게 받아 적고 익히려 애를 썼다.

그리고 시간이 흘러 나는 4학년이 되었다. 어느 날 자취방에서 공부를 하고 있는데 내 방으로 반가운 전화가 한 통 걸려왔다. 바로 A양이었다. 만

나자는 약속을 하고 우리는 오랜만에 해후했다.

물론 그 때는 그냥 친한 오빠 동생 사이였다. 저녁 같이 먹고, 가끔 산책 같이 하는, 그런 정도였다. 그래도 특별한 감정이 있었던 건 아니었다. 그저 좋은 동생일 뿐이었다.

마지막 4학년 기말고사를 보고 나니 나의 학사과정은 끝이 났다. 4년 동안 자취하던 청주를 떠나 다시 원주로 돌아가면서 그녀와 나는 자연스럽게 연락이 끊겼다. 아니, 그런 줄 알았다.

원주에서 나는 몇 달 더 약사고시 공부를 했고, 마침내 시험을 통과해 자격증을 받았다. 이제 대학 4년의 결실을 다 맺은 것이다. 남은 건 공식적인 학교 졸업식뿐.

약학대학 졸업식에 안개꽃을 들고 찾아온 아내

다음해 2월 졸업식을 위해 다시 청주에 있는 학교로 내려갔다. 그런데 이때 놀라운 일이 벌어졌다. 나의 졸업식에 A양이 꽃다발을 들고 찾아온 게 아닌가.

"오빠, 졸업 축하해요."

나는 깜짝 놀랐다. 친한 동생이라고는 하지만 학교도 다르고, 무엇보다 특별히 연락도 하지 않았는데 몇 달 간 연락이 끊겼던 내 졸업식에 왔기 때문이다. 그때는 대개 졸업식에 꽃을 들고 오는 여인을 우스개로 꽃순이라고 불렀다. 그렇게 되면 졸업식은 자연스럽게 일가친척들에게 선보이는 의미가 있는 자리가 된다. 일단 나는 매우 고맙게 A양이 주는 꽃다발을 받았다. 그리고 혼자 예감했다. A양이 어쩌면 나를 좋아하는지도 모른다고.

그 때 우리 부모님은 A양을 처음 보았다. A양은 공손히 인사를 했고 부모님도 웃는 얼굴로 A양을 맞았다. 공부만 한 줄 알았던 내가 어느새 여자를 사귀었나 하는 표정이었다.

사실 나는 여자와 그리 인연이 있는 남자는 아니었다. 같은 과의 몇몇 여학생들에게 좋아하는 감정을 품긴 했지만 그들이 나에게 좋아하는 마음을 표현한 적은 없었다. 한 마디로 대답 없는 메아리인 셈이다. 게다가 나는 대학교 때 미팅을 나간 적도 없었다. 다리가 불편했기에 나가봤자 퇴짜만 맞을 거라는 생각이 드니 구태여 나갈 필요가 없다는 생각에서였다.

친구들은 미팅을 다녀온 뒤에는 두고두고 미팅 결과를 놓고 이야기를 나누었다. 킹카는 이제 보통명사가 되었지만 당시 카드놀이에 빗대어 최고의 상대방을 지칭했다. 그밖에도 백양카니, 무난카니, 후지카니 하면서 상대방의 용모나 태도를 놓고 시시덕대며 이야기를 나누었지만 나는 거기에 낄 수가 없었다.

그러다 보니 정말 여학생들과는 친분 관계로만 만났다. 그들도 나를 그냥 친구 이상으로 생각하지 않는 것 같았다. 물론 나는 이 모든 걸 이해했다. 내가 장애인인데다가 약대의 특성이 있었기 때문이다.

약대생들은 전반적으로 현실적인 경향이 있다. 약국 차려서 안정적인 삶을 살겠다는 게 그들의 일차적인 목표이기 때문이다. 그러니 순수하게 상대방 그 자체를 봐주는 일은 거의 없다고 해도 과언이 아니다.

사랑을 하려면 일단은 그 마음이 순수해야 한다. 상대방의 조건이나 능력이 아닌, 그 인격을 존중하지 않고는 진실한 연애라고 할 수 없기 때문이다. 그리고 한번 누군가를 사랑하면 그 마음과 뜻에 흔들림이 없어야 한다. 그 누구 앞에서도 부끄러움이 없고, 동요함이 없어야 할 뿐 아니라 대담하고 과감해야 한다. 어떠한 어려움 앞에서도 굴하지 않는 용기도 필요한데 나 같은 사람은 그런 진실한 사랑을 만나기가 정말 어려웠다. 장애인에 대한 인식도 사회 전반에 그다지 좋지 않아서 은연중에 차별이 존재하긴 했다.

그러나 A양의 존재는 그런 나의 여자에 대한 인연 없음을 확 바꿔 놓았다. 그 뒤 우리는 자주 만나면서 매우 친밀하게 지냈고, 결과적으로 훗날 그녀와 나는 한 가정을 꾸리게 되었으니까.

아무튼 대학교를 졸업하고 나니 내게 가장 필요하다고 느꼈던 건 바로

원주 소재 부부약국에서 인턴 생활 중 아내와 함께

약국의 실무 경험이었다. 약대를 졸업했으니 이제 약국을 개업해야 했는데, 무턱대고 약국을 개업하면 자칫 큰 시행착오를 겪을 위험성도 있었기에 약국을 차리기 전에 이것저것 신중히 알아보고 다양한 경험을 쌓아야만했다. 아무래도 학교 공부만으로는 부족한 감이 있었다. 실무 경험 같은 게특히 그랬다. 실제로 손님을 맞거나, 환자를 상담하는 등의 일은 학교에선한 번도 해 본 적이 없었기 때문이다. 약사가 되려면 이 모든 걸 직접 체험해야 했다.

실무경험이라는 건 앞서 말한 환자 상담, 손님맞이 등도 있지만 가장 중요한 것은 시중에 나온 약의 상품명과 실제 약에 든 성분명을 연결시키는 일이었다. 상품명이란 게보린, 가스 활명수 등 우리가 흔히 부르는 약의 고유명사를 말하는 거였고, 그 안에 든 성분들이 바로 성분명이다. 그것들이 섞여서 게보린이니 가스 활명수니 하는 하나의 제품이 되기 때문에 양자를 잘 연결해야 했다.

학부 때 공부를 많이 해서 무슨 성분이 무슨 역할을 하는지는 다 알았다. 그러나 그게 합쳐져 게보린이 되고 가스 활명수가 되는지는 잘 몰랐기 때문에 그 부분에 대한 연습이 꼭 필요했다. 그 과정에서 삼진제약이니, 동화약품이니 하는 제약회사에 대해서도 알게 된다. 예를 들면 게보린은 삼진제약, 가스 활명수는 동화약품이라는 회사에서 출시하는 제품이었는데 그런 세세한 것까지 대학교에서 배우진 않기 때문이다. 당시 약대 학부 과정에서는 이런 실무적인 교육도 부족했고 실제적인 실험도 다소 부족했다. 이론적으로만 줄줄 외웠을 뿐이었다. 더구나 그 당시엔 인턴 제도도 없었으니 학부생들의 현장 경험 부족은 더욱 심각했다.

때마침 원주에 같은 과 선배님이 하는 약국이 하나 있었다. 바로 그 약국을 찾아가 선배님에게 부탁을 했다.

"월급은 일절 안 받을 테니 몇 달만 가르쳐 주세요."

그래서 무보수로 석 달 정도 실무경험을 했다. 덕분에 실무를 많이 익히게 되었다. 그 선배는 나중에 다시 언급하겠지만 나의 삶에 큰 지침을 주신 분이다.

마침 그 시기에 의사 누님이 산부인과 개업을 하기 위해 병원 자리를 물색하던 중 하남시가 전망이 좋다는 얘기를 들어서 그곳에 병원을 차렸다. 그 과정에서 내가 누님을 많이 도우면서 한편으로는 배우기도 했다. 의약 분업이 시행되기 전이었기에 가능한 일이다. 그렇게 3, 4개월 정도 누님 집에서 같이 기거하면서 일을 돕다가, 그 해 83년 10월에 따로 약국을 하남에 개업했다. 그 당시 하남은 시골이었지만 발전 가능성이 큰 곳이라는 말이 많아 기대를 크게 모으고 있는 도시이기도 했다.

그 무렵에는 아버지가 이미 정년퇴임을 해 있었다. 그래서 아버지가 같이 나를 도와주시기로 했다. 그렇게 약국을 차리고 종업원 한 명을 고용했다. 그런데 아버지가 도와주시는 건 한계가 있었고, 결국 종업원과 내가 거의 다 맡아서 해야 했는데, 일이 너무 많아 그 무렵에 많이 힘들었다. 일손이 더 필요했다.

그러던 어느 날 A양과 연락이 다시 닿았다. 그녀는 내게 어떻게 지내냐고 물었다. 하남에서 약국을 개업했다고 하니까 자기도 하남으로 오겠다는 거였다. 그 때서부터 서서히 A양과 나의 관계가 무르익기 시작했다. 부부의 연이 맺어지려는 전초 단계에 접어들었던 것 같다.

그리하여 우리 두 사람은 연애를 본격적으로 시작했다. 그게 84년도였는데, 바로 이듬해에 결혼을 했다. 나중에 알고 보니 A양은 나한테 오기 위해서 집에서 거의 나오다시피 했다. 자기는 내가 있는 하남으로 가고 싶은데, 부모님의 반대가 심하니 결국 극단적인 선택을 해 집에서 나온 거였다. 무작정 하남으로 온 그녀는 처음에 나와 하남에서 함께 지냈다. 84년 하반

1984년 원주 소재 교회에서 평생의 반려자가 될 아내와 나의 운명적인 결혼식

기에서부터 5, 6개월을 같이 살았다. 그러다가 85년이 되었다. 여전히 A양과 A양의 부모 간에 연락은 없었다. 그야말로 부모의 뜻을 거스른 딸과 담을 쌓은 거였다. 어디에 있는지 알고는 있었겠지만, 한 번도 A양의 부모가 하남으로 찾아온 일은 없었다.

그리고 85년도 3월 17일에 마침내 결혼을 하게 되었다. 우리 부모님이 둘 사이가 매우 좋아 보이니 결혼을 하는 게 어떻겠냐고 제안을 하신 거였다. 그래서 교회에서 정식 결혼식을 올렸다. 하객들 대부분은 우리 쪽 친척들이나 내 친구들이었지만 처가에서 온 분들도 있었다. 장모님, 처남, 처형 둘, 큰동서가 와 있었다. 그 당시 장인어른은 이미 돌아가신 상태였다.

경건한 결혼식이 진행되는데 난데없는 대성통곡이 어디선가 들려왔다.

"아이고, 으흐흐!"

장모님이었다. 그 바람에 결혼식 분위기가 급속하게 숙연해졌다. 기쁨의 자리가 되어야 할 결혼식은 눈물로 뒤덮인 것이다. 사랑하는 막내딸을 보낸 엄마의 심정이 이해되니 나는 잘못한 것도 없이 미안했다. 그래서 지금도 결혼식 기억은 조금은 씁쓸하게 남아 있지만 사랑스러운 아내를 내가 얻게 된 건 행운이었다.

지금도 나는 니체의 결혼에 대한 아래의 말을 가끔 생각한다.

결혼, 그것은 하나를 만들려고 하는 두 사람의 의지다. 단지 그 하나를 이루려는 것은 두 개 이상의 것이다. 이와 같은 의지를 실천해서 서로의 곤경을 같이 치러주는 것을 나는 결혼이라 부른다.

아내는 나에게 지금도 나의 반쪽으로 최선을 다해 살고 있다. 나의 모든 삶은 아내가 없었으면 불가능할 것들이다.

물론 나중에 나는 처가에도 가장 잘하는 사위가 되었다. 처가 식구들에게도 인정받는 사위라고 자부한다. 인생의 묘미는 바로 그런 게 아닐까 싶다. 쥐구멍에 볕들고, 음지가 양지 되는 바로 그것.

한 통의 전화, 그리고 박사 학위 취득

대개 한 인간이 사회에서 겪는 행복의 조건은 세 가지라고 본다. 교육과 직업과 결혼인데, 나는 교육과 직업, 그리고 결혼을 거의 동시에 완수했다. 졸업과 동시에 약국을 열었고 결혼도 했기 때문이다. 요즘 젊은이들이 취직을 못하고 오랜 기간 방황하는 것을 보면 나는 정말 행운아다.

누님이 1500만 원 정도를 흔쾌히 빌려 주고 부모님이 조금 보태 주어 나는 여유 있게 약국을 열 수 있었다. 그런데 개업하고 보니 하남 지역은 의약품 가격이 약국마다 일정하지 않았다. 가게마다 가격이 달랐던 것이다. 대형 약국 세 개가 앞뒤로 몰려 있으면서 엄청나게 치열한 경쟁을 하고 있었다. 가격 조사를 해 보니 세 약국이 각자 자기네가 제일 싸다고 고함이라도 지르듯 약값을 저렴하게 정해 놓았다. 그 대형 약국들 외에도 곳곳에 작은 약국들이 분포하고 있었다. 블루오션인 줄 알았는데 레드오션에 빠진 기분이었다.

블루오션은 다들 알겠지만 아직 잘 알려져 있지 않은 시장을 말한다. 경쟁에 의해 더렵혀지지 않은 모든 산업을 말하는 것으로 경쟁에 의해 이익을 얻는 게 아니라 창조에 의해서 얻는 곳이다. 당연히 높은 수익과 빠른 성장을 가능케 한다.

반면에 레드오션은 이미 잘 알려져 있는 시장이다. 게임의 경쟁 법칙이 적용되는데다 시장 수요의 점유율을 높이려고 경쟁을 하다 보니 수익과 성장에 대한 전망은 어두울 수밖에 없다. 무자비한 경쟁에 의해 시장이 핏빛이 되는 것이다.

이런 상황에서 나는 앞으로 어떻게 약국을 경영해야 할지 심각하게 고민해야만 했다. 그때 하남 약국은 나와 아내가 공동으로 운영하고, 그 아래에 종업원을 하나 두었다. 종업원은 주로 심부름 담당을 하고, 나는 약을 조제하는 역할을 했다. 그런데 이런 상태라면 정말 근처 대형 약국들과 상대가 안 될 것 같았다. 그들의 약품 가격은 턱없이 쌌고, 규모도 우리 약국에 비해 훨씬 컸다.

한창 고민하던 중, 문득 좋은 생각이 떠올랐다. 그것은 바로 한약으로 승부하는 것이다. 주위의 다른 약국은 한약을 팔지 않았다. 그래서 나는 실력을 쌓기 위해 한의학 관련 모든 세미나에 참석하게 되었다. 그리고 한약을 조제하기 시작했다. 결과적으로 그 전략은 큰 성공을 거두었다. 환자가 차츰차츰 늘어났는데 지방에서도 소문 듣고 오는 사람이 많았다. 당시 한약을 달이는 기계가 약국에 두 개 있었는데 그걸 하루 종일 돌려도 수요에 미치지 못할 정도였다. 이렇게 남다른 경쟁력을 확보한 덕에 환자는 날로 늘었고, 입소문도 널리 퍼져 전국에서 환자들이 모여들었다.

약국에서 한약을 취급하기로 결정한 이후부터 한방세미나에 더욱 자주 참석했다. 주로 한의사가 많이 오지만 한약에 관심이 많은 일반 약사와 관련 교수들도 종종 왔다. 한약에 대한 세미나를 듣고 이것저것 연구를 하다 보니 나름대로 관련 지식이 조금씩 정립이 되었다, 거기에서는 또 환자 다루는 법을 더욱 심층적으로 배울 수 있었다. 그래서 결심한 게 하나 있었다. 약을 사지 않아도 좋으니, 찾아온 손님들에겐 성심성의껏 상담만이라도 해 주겠다는 거였다. 그러면서 증상에 따라 필요한 약에 대해서도 조언해 주기로 했다. 그러니 차츰 환자들도 좋아했고 매출도 늘어났다. 한 마디로 일석이조인 셈이다.

그런데 잘 나가던 약국에 어느 날, 커다란 벼락이 떨어졌다. 한 통의 전화가 걸려온 것이다.

"이보시오. 당신 한의사요?"

당시 경기도 광주군 한의사협회에서 온 항의전화였다. 전화를 건 사람은 그 협회 회장이었다.

"한의사는 아니고, 약사입니다만."

"이봐요. 그런데 왜 당신이 진맥하고 한약을 짓는 거요?"

그는 다짜고짜 소리부터 질렀다. 알고 보니 내가 한약을 취급한다는 소문이 퍼지면서 같은 한약을 파는 한의사들이 위기의식을 느낀 모양이었다.

"하지만 약국에서 한약을 짓는 건 법적으로 문제가 되지 않습니다."

"당신, 계속 한약 팔면 검찰에 고소해 버릴 거야. 두고 봐."

중의학을 공부하던 시절 중국 만리장성에서

전화를 끊자 나는 멍해지고 말았다. 한창 잘 조제하던 한약을 처방하지 말라는 전화가 이해당사자인 한의사에게서 걸려왔으니 왜 안 그렇겠는가.

하지만 시간이 흐르면서 곰곰이 생각해보면 그 전화가 나로서는 굉장히 고마운 전화였다. 그리고 결과적으로 그 뒤 몇 년 간의 내 삶의 변화에 시발점이 된, 마치 뇌관과도 같은 것이었다.

전화를 끊은 직후, 나는 굉장히 심한 좌절감을 느꼈다. 내가 한의대를 안 가고 약대를 간 게 문득 후회가 되는 거였다. 한의대를 갔으면 이런 전화를 받고 마음 아플 필요도 없고, 한의사 소리를 들으며 당당히 영업을 했을 거라는 안타까움이 나의 마음속을 휘저었다. 살아 오면서 누군가에게서 그렇게 대놓고 비난을 받은 적은 별로 없었기 때문이다. 자존심에 큰 상처를 입었다. 그래서인지 이 기회에 나의 능력을 더 명확히 보여주고 싶었다.

오랜 궁리 끝에 나는 결심을 했다.

'좋다, 그러면 내가 지금부터 한의대를 가겠다.'

그래서 그 날 이후 한의대를 가기 위한 준비를 했다. 결혼도 했고, 30살을 갓 넘겨 나이도 제법 있었던 데다가 세 살짜리 아들도 태어났지만 한의대를 가야겠다는 나의 마음에는 조금도 영향을 주지 못했다.

다시 대학입학 시험을 보고 한의대로 들어가긴 어려워서 편입을 하려고 했다. 그런데 조사를 해 보니 편입 인원은 가뭄에 콩 나듯 적고 여러 모로 여건에 맞지 않았다. 그렇게 되면 나는 한국에서 한약을 공부할 길이 없다는 결론을 내렸다. 그렇다고 다시 고등학교 공부를 할 수도 없었다.

그래서 선택한 게 바로 중국이었다. 마침 그 때 약사들이 연수를 중국으로 많이 가기도 했고, 동양 의학의 중심지라 할 수 있는 중국이 한의학을 공부하는 데에는 제격일 수 있다는 생각이었기 때문이다. 더구나 우루과이 라운드가 시행되면서 의료가 개방이 되면 중국 한의사들이 한국 한의사계로 들어올 수 있다는 얘기를 들은지라 더더욱 중국으로 갈 수밖에 없었다. 그 때가 90년대 초반이었다.

그 결과 중국 북부의 하얼빈에 가게 되었다. 그곳은 매우 춥고 낯선 곳이다. 갈 일이 있어도 가기 싫은 그곳이었지만 내가 용단을 내린 건 아내 덕분이었다. 아내는 내가 미지의 세계에 도전할 수 있는 힘을 실어주었다. 기회가 왔을 때 잡아야 한다고도 했다. 약국은 혼자서 잘 꾸려 나갈 테니 걱정 말라고도 했다. 나는 반드시 할 것이고, 해낼 수 있다고 용기를 주었다. 약국은 다른 관리 약사를 통해 운영하면 된다는 생각에 나는 결단을 내렸다. 그 뒤 3, 4년 동안 정기적으로 중국에 드나들면서 한약 공부를 지속적으로 했다. 하지만 중국 한의사는 한국에서 개업할 수 없다는 사실을 알게 된 것은 훗날의 일이었다. 아무튼 중국에서 공부를 마치고 나서 다소 내 속은 후련해졌다.

그런데 이번에는 어느 날 미국에서 공부하는 친구가 내게 전화를 걸었다. 이런저런 얘기 끝에 내가 한의학 공부를 했다고 하니 이런 말을 하는 거였다.

"중국에서 공부를 했으면, 미국에서는 자국에 있는 학교를 졸업하지 않더라도 한의사 시험을 볼 자격을 줘."

그건 희소식이었다. 자세히 알고 보니 미국에도 한의학에 대한 개념이 있는 모양이었다. 마침 잘 됐다고 생각해 나는 미국 한의사 자격증을 따기로 결심했다.

미국 한의사 제도는 이원화해 있다. 캘리포니아 주에서 쓰는 면허가 있고, 그 외의 주에서 쓰는 면허가 있었다. 그 외의 주는 NCCA라는 면허고, 캘리포니아는 CA 면허다. 중국에서 공부해서 두 가지를 다 볼 수 있는 자격이 있기에 그냥 두 개를 다 획득했다. 몇 차례나 미국을 왕래하면서 이론과 실기를 공부하고 시험에 통과한 것이다. 그리고 나니 미국에 있는 한의대를 정식으로 다시 다니고 싶은 생각이 문득 드는 거였다.

'이참에 내가 여기서 한의과대학을 다시 다니자.'

기존의 약사 경력에, 중국에서 배운 여러 가지 과목들을 통해 60학점 이상을 취득하면 학위를 받을 수 있었기에 어렵지는 않았다. 석사가 되는 것이었다. 그런데 60학점을 따려면 최소 2년이 소요되었다. 빨리 졸업할 방법을 궁리하던 중, 아침 아홉시부터 저녁 열시까지 계속해서 수업을 듣는 방법이 있었다. 그러면 1년 안에 60학점을 들을 수 있었다. 지금 생각하면 무지막지한 방법이었지만 어쩔 수 없었다. 그래서 LA에 가서 1년 동안 공부를 했다. 하남에 있던 약국은 처남에게 운영권을 넘기고, 가족들도 다 같이 미국으로 이주했다. 그 때가 2000년이었다.

비록 미국에 가긴 했지만 미국에 살고 싶은 생각은 추호도 없었다. 부모님은 내가 몸이 불편하니까 장애인 처우가 잘 되어 있는 미국 가서 살아도 좋다고 어릴 때 말씀하신 적이 있지만 나는 그럴 마음이 전혀 들지 않았다. 굳이 미국에 눌러앉아 있을 필요가 없이 한국에서도 충분히 잘 할 수 있을 거라 생각했기 때문이다. 거기서 1년을 꼬박 보내고 석사 과정을 마치는데 성공했다. 그리고 다시 한국에 들어와서 박사 과정도 알아봤다. 미국 캘리포니아에 유인 유니버시티는 대학교에 박사 과정이 있는 거였다. 그래서 거기에 바로 지원했고, 3년 후에 박사 학위을 땄다. 박사 과정은 석사과정과는 달리 미국에 오래도록 체류하지 않아도 되었다. 왜냐하면 수업보다는 연구 위주로 했기 때문이다. 미국에 다시 오래 머물 필요가 없으니 상대적으로 편했다. 1년에 두세 번만 미국에 가서 교수를 만나 강의 듣고 시험 보고, 한국에 다시 와서 관련 연구를 하고, 그러다 보니 유인 유니버시티 박사 학위까지 취득했다.

그러니 그 날 불현듯 걸려온 한 통의 전화로 인해 나는 중국은 물론 미국까지 가서 한의학과 석사 학위와 박사 학위까지 모두 취득한 셈이었다. 멀고 먼 길을 돌았지만 그건 내게 숙명이었다. 전화 한 통이 내 인생을 바꾼 것이다. 그래서 나는 그 전화에 대해 기꺼이 고맙다는 표현을 쓰는 것이다. 나의 열정과 도전정신을 자극해 주었으니까.

그렇게 미국에서 한국으로 돌아와 약국을 다시 개업했다. 이 약국 역시도 아내가 수없이 발품을 팔면서 어느 자리에서 약국을 하면 좋을까 고민한 결과 얻은 것이다. 그 결과 지금 내가 운영하는 용인 수지에 있는 로얄약국은 2002년에 개업했으니 올해로 꼭 10년이 되었다.

약국을 개업할 당시, 사회적 분위기가 매우 어지러웠다. 대선에서는 이회창이냐, 노무현이냐의 싸움이었다. 대선 무렵. 이회창은 의사 편, 노무현은 약사 편이었다. 의약분업이 2000년도에 시작을 했는데 2002년 대선 때 이런 식으로 갈림길에 왔다. 다시 없애느냐, 아니면 계속 하느냐의 문제였다.

그런 상황에서 약국을 새로 열게 되었는데, 외부적 상황도 그렇고, 개인적으로도 그렇고 약국을 재개업하기엔 내가 많이 지쳐 있었다. 사실 별로 하고 싶지도 않았다. 그래서 처음에는 남에게 세를 주자는 생각을 했다. 그리고 실제로 인수할 약사 두 명과 만나 구체적인 얘기도 했다. 하지만 조건에 합의를 보지 못해 결국 아무에게도 세를 주지 못했다. 결국 내가 계속 약국을 경영하는 수밖에 없었다.

결과적으로 같은 상가 안에 있는 의원들과 함께 동반 성장할 수 있는 계기가 되었고, 지금은 용인에서 제일의 약국이라고 감히 자부할 정도다. 근무약사 5-6명을 항상 두고 운영을 해야 할 규모이기 때문이다.

아내의 선견지명이랄까, 아내의 복이랄까. 나는 그렇게 이 모든 것들이 아내의 헌신적인 도움과 나의 노력이 이루어낸 작품이라고 늘 생각한다.

한 가지에 몰입하는 성격

나는 어떤 일에 빠지면 그 일에 몰입하는 경향이 있다. 그런 기질은 초등
학교 때부터 이미 내 안에 내재하고 있었다. 앞에서도 말했지만, 초등학교
6학년 때 기타를 잘 치는 아저씨의 영향을 받아 그 동안 모은 돈으로 기타
를 산 적이 있다. 그렇게 산 기타를 고 3때까지 쳤는데, 혼자서 맹연습을 한
끝에 상당한 수준에 이르렀다. 특히 가장 보람찼을 때는 〈알함브라 궁전의
회상〉이란 곡을 마스터했을 때였다. 클래식 기타 연주에 대해 관심 있는
사람들은 알겠지만 단도직입적으로 말해 이 곡을 치려면 기타 실력이 꽤
되어야 한다. 기본적인 스트로크와 아르페지오는 물론, 트레몰로 주법이라
고 해서 세 손가락을 일정한 간격과 힘으로 튕겨서 부드러운 소리를 내는
주법도 완벽하게 터득해야 했다. 그걸 마스터한 게 고등학교 2학년 때였
다. 그 한 곡을 붙잡고 거의 6개월을 연습한 것이다. 악보를 보고 연습했는
데 처음에는 한 마디 한 마디마다 막히는 바람에 적잖이 고생했다. 당장 때

려치우고 싶을 때가 많았지만 꼭 이 곡을 다 치고 말겠다는 마음이 들면 바로 다시 연습에 돌입했고, 6개월이 지나자 드디어 악보대로 칠 수 있게 되었던 것이다.

기타 못지않게 내가 좋아하는 건 바로 운동이다. 장애인이 무슨 운동이냐고 할지도 모르겠지만 실제로 장애인이 할 수 있는 운동은 충분히 많다. 내가 본격적으로 운동을 시작한 건 정립회관에 다니면서부터였다. 정립회관은 1975년 10월에 국내 최초 장애인 이용시설로 오픈했다. 그 뒤 소외받던 장애 청소년들에게 다양한 활동기회를 주어온 단체다. 특히 체육활동에 역점을 두었는데 1976년엔 제1회 전국지체부자유청소년체전 및 삼애제를 개최하기도 했다. 이후 1979년부터는 정립회관 체력평가 결과를 학교 체육 점수에 반영했으며, 1985년에는 장애인 스키 캠프를 국내에서 처음으로 실시하기까지 했다.

그래서 가장 먼저 배운 운동은 바로 수영이었다. 나는 저녁에 약국 영업을 마치면 정립회관으로 수영을 하러 가곤 했다. 대부분의 장애인들은 물을 무서워한다. 물속에서 중심을 잡기도 힘들고 잘못하면 숨이 막혀 곤란한 상황에 처할 수 있기 때문이다. 나 역시 물에 대한 잠재적인 공포증이 있어서 거기에 적응하는 데 시간이 좀 걸렸다. 게다가 나는 등이 굽어서 수영을 배우기 더욱 힘들었다. 아내는 그런 나에게 할 수 있다고 격려했다. 물에 빠지면 잡아주고, 함께 보조를 맞춰 물에 들어가 나의 수영을 도와주었다. 그러한 눈물어린 노력 덕에 나는 접영을 제외하곤 웬만한 영법을 다

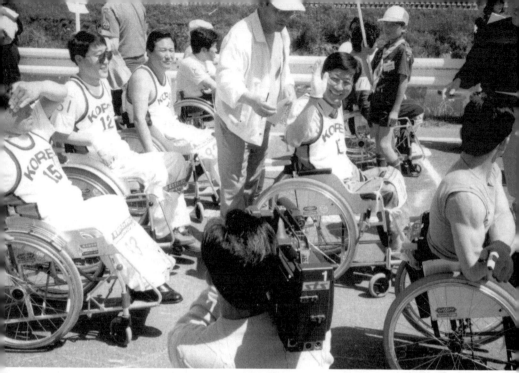

일본에서의 휠체어 마라톤 참가모습

배웠다. 자유형은 물론 배영과 평영도 할 수 있게 되었다. 운동을 즐기는 아내와 같이 정립회관에서 수영을 하곤 했는데, 언제부턴가는 아내와 함께 물속에서 움직일 수 있게 되었다. 정말 신기했다. 아내와 함께 운동을 하게 되니 기뻤다.

그러고 나서 한 게 휠체어 마라톤이다. 휠체어 마라톤을 접하게 된 건 내가 가입해 있는 장애인 친목회인 거북이회와 일본 규슈 지방의 한 도시에 살고 있는 몇몇 가족들과 자매결연을 맺으면서였다. 그 도시는 후쿠오카 옆에 있는 니시아리타라는 작은 도시였는데, 기회가 생겨 단체 사람들과 함께 그곳에 가 보게 되었다. 거기에서 일본 장애인들이 휠체어 마라톤 하는 모습을 처음 보았다.

휠체어 마라톤의 종목은 1km, 5km, 10km가 있다. 처음에는 1km를 했고, 5km도 얼마 안 가서 했다. 그러다가 욕심이 생겨서 10km를 하고 싶어졌다. 10km를 하려면 경주용 휠체어가 필요했다. 그래서 과감하게 구입했다. 경주용 휠체어는 보통 휠체어보다 길쭉하고 날렵하게 생겼으며 바퀴가 유연해 속도를 더 빨리 낼 수 있다. 확실히 보통 휠체어보다 속도도 빨라서 거의 시속 4, 50km는 나오는 것 같았다. 그걸 가지고 미사리 조정경기장에서 연습을 했다. 그렇게 마라톤 연습을 하다가 일본에서 하는 대회에도 나가게 되었다. 결과는 비록 순위권엔 들지 못했지만 완주를 했다는 데 의의를 두었다.

그 밖에 나는 스킨스쿠버와 좌식 스키도 같이 했다. 스킨스쿠버와 스키, 둘 다 장애인과는 거리가 멀어 보이는 고난도 종목이지만 실제로 장비만 있으면 장애인도 즐길 수 있는 종목이기도 하다. 지체장애인이 스킨스쿠버를 하려면 물속에서 당겨 주는 스쿠터가 필요했다. 무게중심을 잡아주고 부력을 올리는 오리발 착용이 불가능했기 때문이다. 당연히 나는 스쿠버 장비까지 풀세트로 구입했다. 꽤 큰돈이 들었지만 불가능한 일을 하게 된다면 얼마나 좋을까 싶어 아깝지 않았다. 그리고 얼마 지나지 않아 적도 지방에서 스킨스쿠버를 하게 될 기회가 생겼다. 장비를 철저히 착용하고 바다로 잠수를 하니, 그야말로 새로운 세계가 펼쳐져 있었다. 열대어들이 노닐고 있었고, 바위들 사이사이에 보이는 산호초는 화려한 색깔을 빛내며 살랑살랑 몸을 흔들었다. 이래서 스킨스쿠버를 하는구나, 라는 생각이 들었다. 자유롭게 바다를 유영하면서 육지와는 전혀 다른 모습을 즐겼다. 그건 한 마디로 무장애의 체험이었다.

장애인 스키는 복지진흥회에서 장애인 스키캠프를 연다는 소식을 듣고 무작정 참가 신청을 한 데서 인연이 시작되었다. 어떻게 타는지도 모르고 그냥 신청을 했다. 훈련 장소로 가면서 나 같은 중증장애인도 스키를 탈 수 있을까 하는 걱정이 좀 되긴 했지만 다행히도 그건 기우였다. 체어스키, 외발스키 등 특수장비가 구비되어 있다는 것이다. 그 때 체어스키 입문을 했다. 내가 탄 것은 그 가운데에서도 모노스키였는데 그 스키는 의자처럼 되어 있는 몸체에 길쭉하게 스키가 달려 있는 형태였다. 몸체에 다리를 끼우고, 양손에 아웃리거를 잡으면서 슬로프를 미끄러지면 된다. 하지만 말이 쉽지, 처음에는 중심 잡기도 힘들었다. 끈질기게 넘어지면 일어나고, 다시 넘어지는 노력 끝에 그래도 타 보니 재미가 있어서 스키 장비도 그 후 구매했다. 그리고 매년 겨울마다 체어 스키를 들고 스키장으로 향하곤 한다. 지난 겨울에도 어김없이 슬로프를 타고 신나는 스피드를 즐겼다.

오래 전부터 나는 아내와 함께 스포츠를 즐겼고, 그러길 원했다. 아내는 비장애인이기에 혼자 운동하는 것보다는 나와 함께 즐길 수 있었으면 했기 때문이었다. 아내 혼자 스포츠를 즐기는 것이 나는 개인적으로 싫었다. 장애를 가졌다고 해서 운동을 함께 하지 못할 이유는 없다고 생각했기 때문이다. 아내가 운동을 할 때 나 혼자 휴양지의 콘도를 지키고 있으면 마음이 편하지 않았다. 가족과 함께, 혹은 집사람과 운동을 하고 싶다는 생각을 늘 갖고 있었기 때문이다.

아내는 골프를 굉장히 좋아했다. 그래서 골프까지도 집사람과 함께 했으면 좋겠다는 생각을 갖고 있던 찰나였는데 그때 우연히 정식 골프는 아니지만 파크골프 대회가 열린다는 사실을 알게 되었다. 그것은 원래 비장애인들의 종목이었다.

파크골프는 1983년 일본 홋카이도의 동부 '마쿠베츠'라는 곳에서 최초로 창안되었다. 그리하여 1986년 마쿠베츠 마을의 "90년 기념사업" 실행 위원회가 "파크골프 챌린지 90"을 개최하면서 알려지기 시작했다. 우리나라에 건너와서 비장애인들 가운데 특히 노년층이 하는 스포츠였다. 게이트볼과도 비슷하지만 잔디에서 한다는 것이 다른 점이었다. 한국의 비장애인들이 협회를 만들고 파크골프 치는 것을 보면서 장애인도 이 정도라면 할 수 있지 않을까 하는 생각을 했다.

그런데 한국의 파크골프 협회가 일본과 친목교류대회를 연다는 소식을 들었다. 장소는 잠실이었다. 상설 파크골프장이 아닌 임시 골프장을 만들어서 대회를 여니 장애인들 가운데 관심 있는 사람들이 참여하지 않겠느냐고 제안을 해왔다. 지금은 부산의 고신대 교수로 있는 조영길씨를 통해 이 제안을 들은 우리들은 일단 견학을 하고 도전할 만하면 해보자고 의기투합했다.

그래서 파크 골프대회를 처음으로 보게 되었다. 비장애인들의 운동하는 모습을 보니 휠체어에 앉아서도 충분히 가능한 운동임을 깨닫게 되었다. 경기장 사이즈도 작고 경제적인 면에서도 큰 부담은 없었다. 룰은 일반 골프와 똑같았다. 용어도 똑같고 골프채를 하나만 쓴다는 점이 조금 달랐다. 공도 일반 골프공보다는 크면서 하나만 사용한다는 점이 특색이라면 특색이었다. 그러면서 파크골프는 이미 만들어진 공원을 이용한다는 장점을 가지고 있었다. 공원에 골프의 개념을 더해서 어린이부터 노인까지 누구나 즐길 수 있게 골프를 재구성한 스포츠라고 할만 했다. 기존 골프장의 1/50에서 1/100의 면적만 있으면 되기에 산림보전이 가능하고 환경 친화시설로 운영할 수 있다.

파크골프게임을 하는 모습을 본 나는 이것이 장애인들에게 도움이 된다는 확신이 들었다. 그 결과 2003년에 장애인들의 동호회를 만들어서 대회를 시작했다. 동호회가 결성되고 조금씩 저변을 넓히면서 한 삼년여가 지나자 우리는 공식적으로 협회를 만들기로 결심했다. 그때까지는 비장애인 파크골프의 장애인 분과에서 운동을 하다가 동호인들이 어느 정도 늘자 장애인 파크 골프협회를 2006년도에 만들게 되었다. 그때 협회의 이름은 거시적으로 결정하기로 했다. 장애인을 위한 파크골프만이 아니라 벽이 높은 비장애인들의 운동인 골프에까지도 먼 훗날 진입하기 위해 우리는 대한장애인골프협회로 이름을 지었다. 골프협회 안에 파크골프가 들어갈 수 있다는 생각이었다.

그 뒤 우리는 동호인 전국대회도 열었고, 각 시도를 순회하면서 지회도 만들었다. 예를 들어 대구에서 대회를 한 번 치른 뒤 그 게임에 모인 사람들에게 지부 협회를 만들어주는 식으로 확대해 나갔다. 지금은 열여섯 개 시도협회가 구성되어 있고, 장애인들이 폭발적으로 호응을 보여주고 있다. 현재 장애인 전국 체전에 정식종목으로 채택되어 있다.

처음에 파크 골프는 필드 골프의 대리만족이었다. 필드 골프를 하지 못하기 때문에 파크 골프라도 하겠다는 생각이었다. 그렇게 시작이 되면서 우리의 궁극적인 지향점은 필드골프로 가자는 거였지만 현실은 요원했다. 필드에의 도전이라는 것이 도저히 방법이 없었기 때문이다.

그때 우리들에게 일차적으로 희망을 준 것이 바로 스크린 골프였다. 스크린 골프는 장애인들의 이동에 제한이 없었고, 한 자리에서만 칠 수 있었기 때문이다. 이동수단만 해결할 수 있다면 스크린 골프로 연습한 장애인 선수들이 필드에 나가 그간 갈고 닦은 골프 실력을 보여줄 수도 있겠다는 생각이었다. 나는 그리하여 지금 장애인들의 골프는 스크린 골프에서 필드 골프로 옮겨가는 과도기라고 생각한다. 물론 장애가 가벼운 사람들은 이미 필드 골프를 즐겨하고 있다. 특히 절단 장애인들의 경우 거의 지장이 없을 정도이기 때문이다.

문제는 중증 장애인들이다. 그들에게 상상도 못할 만큼 어려운 것이 필드 골프인데 그것을 해결할 방법이 없는 것이다. 그 뒤 관심사는 장애인 필드 골프로 옮겨졌다. 2년여 전에 일본에서 장애인 골프대회가 열렸을 때 내가 장애인 선수들을 데리고 일본으로 가보았다. 일본은 이미 필드 골프가 활성화해서 장애인들이 손쉽게 골프게임을 하고 있었다. 물론 대다수의 장애인들은 절단 장애인들이어서 그들 위주로 대회가 진행되고 있었다. 의족을 하고 다니면 얼마든지 스윙을 할 수 있기 때문이다.

그때 내가 감동받은 것은 팔 한쪽이 없는 절단 장애인들이었다. 한 팔로 스윙을 하는데 그 정교함과 파워는 정말 장난이 아니었다. 사람의 의지와 능력이라는 것은 정말 한계가 없다는 것을 다시 한 번 느꼈다.

그러나 역시 일본에서도 휠체어 부문은 선수들이 많지 않았다. 서너 명 정도가 나와서 경기를 하는 것이었다. 그때 나는 그들이 타고 있는 골프카트를 발견했다. 그냥 이동을 하는 게 아니라 중증 장애인이 타고 플레이하는 카트였다. 그 카트를 타고 그린 위에 올라가는 플레이하는 것을 보고서 큰 감명을 받았다. 물론 유럽이나 미국에서 쓰는 골프카트를 전에 보지 않은 것은 아니다. 하지만 그 가격은 이천만원이 넘는 어마어마한 것이었다. 자동차 한 대 값보다 더해서는 골프를 치는데 무리가 있기 때문이다. 저렴하면서 장애인들이 부담 없이 장만해 골프를 즐길 수 있도록 제대로 된 카트가 필요했다. 그런 판국에 일본에서 가격 또한 삼백만원 정도밖에 하지 않으면서 가벼운 골프카트를 보니 내 눈이 번쩍 뜨일 수밖에. 나는 바로 우리가 저런 것을 도입하거나 개발해서 많은 장애인들이 골프를 즐길 수 있게 해야 한다는 생각이 들었다. 더 나아가서 파크 골프도 수동 휠체어가 아닌 저런 카트를 이용해야 한다는 생각까지 했다.

그 뒤 장애인들이 쉽게 골프를 즐기게 하기 위해 우리는 전용카트를 개발하려 하고 있다. 앉아서 골프도 칠 수 있고, 그 상태에서 이동도 할 수 있도록 구상했다. 지금 구탁본 사장이 중앙회 이사로 있는데 그가 장애인용 카트를 개발하고 있다. 그린에도 올라갈 수 있도록 바퀴를 넓고 부드럽게 만드는 것이 중요하다. 그린을 보호해야 하기 때문이다. 일반 골프카트는 이동용이었지만 이 새로운 경기용 카트가 개발되면 얼마든지 앉은 채로 플레이를 할 수 있다. 골프 카트는 회전도 부드럽게 되면서 그린도 보호할 수 있는 것이 기술인데 시제품을 만들었으나 아직은 만족할 만한 수준이 되지 못하고 있다.

제대로 된 대회를 열려면 카트를 개발하여 수많은 사람들이 즐겁게 골프를 치고 건강을 증진하며 필드 골프에 정식으로 나아가 마음껏 경기할 수 있도록 장애인의 저변이 확대되길 바라고 있다. 앞으로 골프가 아시안게임이나 올림픽에 정식종목이 되도록 만드는 게 나의 꿈이다. 그러다 보면 아내와 함께 라운딩을 하고 싶은 그날이 점점 다가오고 현실화하지 않을까라는 생각을 한다. 이미 휠체어를 타고서 필드에 나가는 선두주자인 친구도 있다. 그는 한 달에 한 번씩 골프카를 가지고 기성 골프장에 나가 골프를 치고 있다. 구사장이 만든 카트를 사용해 비장애인들과 함께 골프를 즐긴다. 그야말로 장애인 필드 골프의 선구자인 셈이다.

골프장에 장애인 골프카가 자연스럽게 입장할 수 있고, 편의시설이 모두 잘 되어 있는 것이 나의 염원이다. 아직 일반 골프장에는 장애인을 위한 편의시설이 부족한 것이 사실이기 때문이다. 앞으로 장애인 골프가 활성화하면 모든 골프장도 장애인이 차별받지 않는 무장애 공간이 되리라 믿는다. 그날을 하루라도 앞당기고 싶다.

사기를 당하고 얻은 깨달음

사기는 사기인데 사기죄가 성립하지 않는 이상한 사기를 나는 당한 적이 있다. 분명히 내 돈을 주었는데 돈을 돌려받지 못하는 해괴한 경우를 당한 것이다. 주위 사람들은 선수에게 걸린 것이라고들 결과를 놓고 말한다. 판결까지 대법원에 올라갔지만 내가 지는 것으로 나왔다. 그렇게 되니 정말 억울할 지경이다.

결론을 먼저 이야기하자면 모든 돈거래는 분명하게 차용증을 써서 돈을 빌리고, 돈을 꿔주는 사람과 받는 사람 사이에서 갑과 을의 관계가 명기되어야 한다는 점이다. 돈을 주고받을 때에는 사람만 믿고 주고받아서는 안 된다는 아주 상식적인 사실을 확실히 알게 된 것이다. 이 이야기는 독자들에게도 도움이 될 것이기에 부끄러움을 무릅쓰고 과거의 씁쓸한 기억을 돌이켜 본다.

내가 분당의 모 빌라에 살 때 일이다. 아내는 이웃 간에 친하게 지내는 여자 한 사람과 알게 되었다. 환경과 생활수준이 비슷한 사람끼리 모여 살다보니 주민들은 모두 친한 관계를 형성하고 있었던 것이다. 한 동에 열대여섯 집이 거주하는 빌라인지라 이웃한 주민 간에 친하게 지낼 수밖에 없었다. 반상회를 열더라도 한 집에서 오붓하게 모여 대화를 나눌 수 있기 때문이다.

그때 4층에 사는 이웃을 알게 되었다. 그 집 여자와 아내가 언니, 동생처럼 친하게 지내게 되었다. 10년 이상을 한 동에 거주하면서 이웃의 사이가 서로 친밀하게 오고가는 관계로 발전했다. 그러다보니 자연스럽게 남편도 알게 되고, 가족상황을 세세히 다 파악할 수 있었다. 그 남편은 임대업을 하는 사람이라고 이야기를 들었다.

그런데 이 사건을 이해하려면 먼저 내 아내의 심리적인 배경을 알아야 한다. 아내는 늘 장애인인 내가 힘들게, 어렵게 돈을 버는 것을 곁에서 보아야 하니 늘 안쓰러워했다. 남들은 쉽게 돈을 벌기도 하는데 왜 그렇게 나가서 하루 종일 약국을 지키며 어렵게 돈을 벌어야 하나 하는 마음이 들었던 것이다.

그러던 차에 이웃주민인 그들이 아내에게 투자제안을 하게 되었다. 조금은 돈을 쉽게 벌 수 있는 방법이라며 이야기를 한 것이었다. 그것은 다름 아닌 자기 남편이 투자한 회사가 있는데 거기에 투자를 해보면 어떻겠느냐는 거였다. 그 회사는 대부업체로서 텔레비전에 광고도 나오고 공신력이 있는 회사라고 했다. 그 회사가 돈을 빌려주는 곳이니 자금을 투자하면 이자를 주는 방식으로 운용을 하겠다는 것이었다. 투자 조건은 금리를 시중보다는 조금 더 주는 거였다.

국가에서 허락을 받은 공식 금융업체이니 우리들은 믿을 수밖에 없었다. 시중은행보다 엉뚱하게 많이 준다는 것도 아니고 조금 더 준다는 말에 은행에 맡겨 놓는 것보다는 그곳에 빌려주면 수익이 좀 더 증가될 거라는 생각을 했다. 그 당시 그들이 제안한 금리는 크게 높은 수준은 아니었다. 그 결과 아내는 상당액의 예금을 찾아 그들의 은행계좌로 보내게 되었다. 그런데 돈을 빌려주는 과정에서 확실하게 차용증을 받지 않은 것이 문제가 되었다. 언제까지 돈을 꿔주고 받는다는 관계로 만들었어야 했는데 이 방면에 대해 잘 알지 못하기 때문에 무통장 입금으로 돈을 보낸 것이다. 그렇게 보내주면 얼마든지 차용증의 효과가 있는 줄로 알고 있었다. 그러고는 한 달, 두 달 동안은 이자가 정확하게 들어왔다. 제대로 돈을 빌려준 것 같았고, 쉽게 돈을 버는 듯한 느낌이 들었다. 집사람은 그 돈 빌려 주는 기간을 몇 개월 더 연장하자고 이야기를 했다. 그쪽에서 이자를 잘 주니 추가로 투자를 더하자는 제안이었다. 사실 나는 그 당시 조금 망설였다. 이미 상당액을 빌려 주었으면 그 정도로 멈췄어야 하는데 아내의 제안을 강력하게 만류하지 못한 것이다. 남편으로서 제지를 하지 못한 이유는 같은 동에 살고 오랫동안 알고 믿는 관계였기 때문에 신뢰를 가지고 있었던 까닭이다.

결국 우리는 살고 있던 집을 근저당 설정하여 거액을 대출받아 그들에게 보내주고 말았다. 앞의 돈은 여유 돈이었지만 뒤의 돈은 대출을 받은 것이어서 무리수가 오게 되었다. 역시 그 돈도 차용증 없이 온라인으로 송금해 주었다.

처음 한 두 달은 이자가 잘 들어왔다. 그러나 그 뒤부터 이자가 안 들어오기 시작했다. 아내가 그들 부부에게 연락을 해보니 해외에 출장 중이었다. 그들이 해외에서 들어오기 전에 우리들은 투자한 회사를 직접 찾아가보았다. 직접 가보았더니 회사는 이미 망해가는 분위기인 것을 느낄 수 있었다. 온통 어수선한 회사를 보고 잘못 투자했다는 사실을 알게 되었다. 그 사실을 안 우리들은 돈을 꿔간 사람에게 돈을 돌려달라고 이야기했다. 회사를 보고 돈을 준 것이 아니라 그 사람에게 돈을 준 것이었고, 그 사람에게 요구할 수밖에 없는 상황이 된 것이었다. 우리는 분명하게 돈을 준 증거가 있기 때문에 어렵지 않게 받아낼 수 있을 거라고 생각을 했다.

하지만 정식으로 돈을 돌려달라고 이야기를 했더니 그들은 태도를 돌변하며 자신들도 돈을 돌려줄 수 없다는 거였다. 회사에 투자를 했기 때문에 자신들이 가진 것이 없다는 데에는 방법이 없었다. 자신도 돈이 회사에 물려 있기 때문에 어쩔 수 없다고까지 했다. 하늘이 무너지는 것 같았지만 수습을 하기 위해 우리들은 그들과 대화를 시도했다. 거듭되는 시도 끝에 같은 동네에 살고 하니 그 사람은 무척 봐준다는 식으로 빌려준 돈의 반액만 언제까지 주겠다고 약속을 했다. 그것도 구두로 주겠다는데 한번 속은 우리가 그 말을 믿을 수가 없는 건 너무도 당연했다. 당연히 우리는 제안을 거절했다. 투자금의 반밖에 받지 못한다는 건 어느 누구도 수용할 수 없는 이야기이기 때문이다.

　결국 우리는 원금을 다 받기 위해 상대방을 고소하고 법적인 절차를 밟게 되었다. 민사와 형사를 다 걸어서 수사를 하게 된 것이다. 변호사도 상담을 하고 조처를 취한 것이지만 그때 형사 건이 잘못 되고 말았다. 당시 그는 우리 지역 경찰서에 아는 사람이 많은 것 같았다. 초동수사에서 이미 그들은 손을 어떻게 써놨는지 자신들이 유리하게 조서를 꾸미고 있었다. 그때 조서를 쓴 경찰관이 굉장히 우리에게 비협조적으로 나오는 것이 피부로 느껴졌다. 지금도 이해가 안 갈 정도로 그들의 편을 일방적으로 드는 거였다. 결국 그렇다 보니 형사 건에 대해서는 1심에서 혐의 없음의 판결이 나고 말았다. 형사가 성립되어야 강력하게 압박할 수 있는 거였는데, 민사로 싸우는 수밖에 없게 되었다.

　그 뒤 2년간을 지루하게 끌려 다니며 소송을 진행했다. 판사들은 그럴 때마다 이야기했다. 확실하게 차용증을 받은 것도 아니고, 우리가 그 사람에게 줬다고 하는 근거는 있지만 그 사람이 회사로 돈을 보내준 근거도 있다는 것이다. 이렇게 되면 4층에 사는 그 사람은 전달만 했으니 책임이 없게 되는 것이 된다. 게다가 회사에 투자한 것은 잘 될 수도 있고, 망할 수도 있기 때문에 원금을 다 돌려받는 것은 결코 쉽지 않으므로 피고는 혐의가 없다는 식의 판결이 1심과 2심에서 나고 말았다.

　그때 2심을 진행할 때 우리 측 변호사는 판사에게 제안을 했다. 이대로는 원고가 너무 억울하기 때문에 법적인 책임은 피고에게 없을지 몰라도 돈을 빌린 도의적 책임은 있으므로 합의를 할 수 있게 조정해 달라고 부탁했다. 그리하여 조정에 들어갔는데 변호사가 그들과 이야기를 나눈 뒤 4분의 1 정도의 금액을 달라고 이야기했다. 그러자 피고 측에서는 오케이를 했다. 왜 안 그렇겠는가. 거액의 4분의 3을 취할 수 있는데.

그런데 문제는 우리 부부였다. 만약에 이 제안을 받아들이지 않는다면 대법원까지 가서 싸우는 수밖에 없었다. 그때 나와 아내는 이야기를 했다. 어떻게 할 거냐고. 그러자 아내는 말했다. 이미 마음 고생도 많이 하고 시간도 많이 낭비했는데, 대법원까지 가서 대한민국 법이 어떤 것인지 확인해 보겠다고.

지금 돌이켜보니 우리가 잘못한 것이 하나 있었다. 이 사건은 부분승소나 부분패소가 아니고, 지면 지고, 이기면 이기는 것으로 결정을 내리는 것이었다. 그걸 우리는 알지 못했다. 대법원 판결이라는 것은 법리를 해석하는 것뿐이었다. 2심 변호사는 합의를 종용했다. 지금 생각해보면 대단히 현실적이고 지혜로운 사람이었다. 판사가 판결하기 어렵기 때문에 합의하는 것이 그나마 손해를 줄이는 길이라는 이야기였다. 그리고 모든 걸 용서한 뒤 잊고 마음의 평화를 얻으라고 했다.

그러나 이미 억울함이 하늘을 찌를 듯한 우리는 거액을 날리는 판에 그깟 푼돈 안 받아도 그만이라는 생각이 들었다. 결국 오기가 작동하여 우리 부부는 끝장을 보기로 결정한 것이다. 조정을 거부하고 대법원 판결을 얻으러 갔지만 결과는 패소였다. 대법원 판단은 지극히 간단했다. 1심과 2심의 판결문과 몇 장 안 되는 증거 서류를 보고 법리적으로만 해석을 하게 되었다. 그리고는 바로 확정을 내려버렸다. 그 당시엔 우리가 또 운이 없었던 점은 대법원을 갈 때 고용한 변호사를 지인으로 고용했는데 능력도 많고 훌륭한 사람을 골랐으나 나름대로 최선을 다했지만 결과는 좋지 않았다. 1심에서 진 상황을 뒤집는다는 것은 무척 어려웠다. 그 변호사도 최선을 다했지만 대법원 확정판결로 우리는 결국 지고 말았다. 선의로 빌려줬던 거액이 날아가고 만 것이다. 엄청난 마음고생과 시간의 낭비가 주마등처럼 눈앞에서 흘러갔다. 지금이니까 이렇게 차분하게 글로 쓰지만 그 당시 그 충격은 엄청난 것이었다.

모든 것을 잊고 마음의 상처를 다독이려 애썼지만 이웃 간에 그러한 소송이 오고갔으니 한이 맺혀 있는 상황이었다. 지하주차장에 내려갔다가 그 사람의 차가 보이면 다시 울컥하는 마음이 생기곤 했다. 정말 젊은 혈기와 마음을 다스리지 못했다면 물리적으로 사고를 치고 말았을 상황이었지만 애써 추스르고 있는데 또 다른 날벼락이 떨어졌다.

법원에서 또 다른 편지가 한통 날아왔다. 피고 측에서 이제 대법원에서 이겼다고 판결을 받자 안면을 바꾸고서는 변호사 비용을 청구한 것이다. 자기들이 쓴 변호사 비용을 내놓으라는 거였다. 어떻게든 자신들이 미안해서 조금이라도 위로금조로 주겠다고 하던 사람들이 승소하자 안면을 바꾼 거였다. 그것을 본 우리들은 너무 억울했다. 변호사 비용까지 달라고 하니 상대도 하고 싶지 않았고, 그들이 사람 같아 보이지 않았다.

돈을 주지 않고 버텼다. 그랬더니 그들은 집사람 재산을 추적해보고는 가압류를 걸었다. 원주에 있는 작은 아파트 하나가 있었는데 그것을 찾아내어서 압류를 한 거였다. 아버님이 돌아가시기 전에 원주에 머무시던 아파트에 가압류를 하고 경매를 해서 마침내 돈을 받아 가 버리고 말았다. 얼마 되지 않을 아파트였는데 그것마저도 소송비용이라고 빼앗아 가버린 것이다. 더 이상 우리는 관여하지 않고, 생각도 하기 싫어서 내버려두었다.

부끄러우면서도 장황한 이 이야기의 결론은 돈을 주고받을 때는 정확하게 문서를 쓰고 주고받아야 한다는 점이다. 그리고 귀가 솔깃한 이야기는 절대 의심해야 한다. 그 당시에도 은행 금리보다 높고 쉽게 돈 벌 수 있다는 말에 우리가 넘어갔기 때문이다. 물론 그 유혹의 손길을 뿌리치지 못한 우리의 잘못도 크다. 독배의 달콤함에 넘어간 우리의 책임도 적다고 말할 수는 없지만 작은 욕심의 대가는 너무 혹독하게 지불하고 말았다. 세상은 선의를 악의로 갚는 사람이 많다.

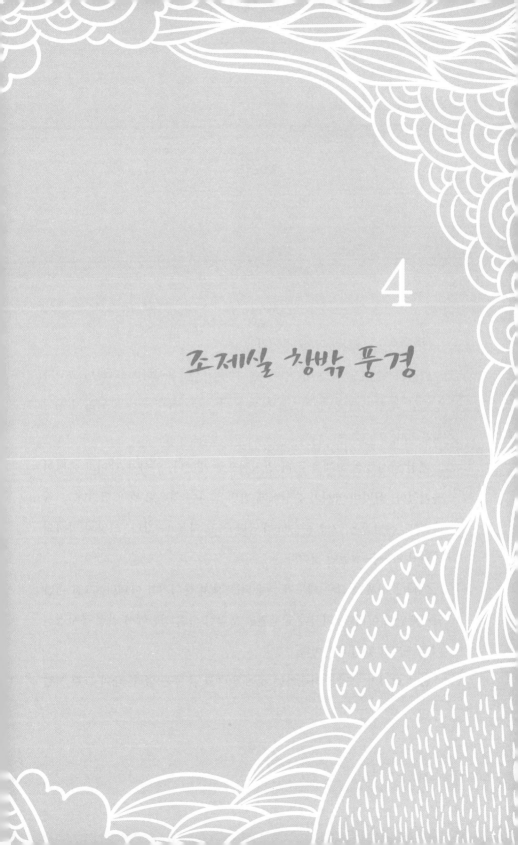

4

조제실 창밖 풍경

약국 소회 1

'약(藥)사는 영원한 약(弱)사인가?'

약사가 된 이후 계속 내 머릿속을 지배했던 물음이다. 왜냐하면 고객과 상담할 때 약사로서 내가 조금 실수만 해도 고객들이 절대 용납하지 않기 때문이다.

예전 약사들은 고객을 무척 권위적으로 대했다. 약사가 갑이고 손님이 을이었다. 심지어 약사가 손님에게 반말을 하는 경우도 왕왕 있었다. 그렇다 해도 손님들은 그냥 순순히 대답만 하고 약을 타 갔다. 그만치 약사의 권위가 하늘을 찔렀던 것이다.

그러나 이제는 그런 태도가 허용되는 사회 분위기가 아니다. 그건 비단 약사뿐만이 아니다. 의사나 공무원을 포함한 사회 전반에서 친절 봉사정신이 강조되고 있기 때문이다.

물론 약사가 손님을 하대하는 것이 좋다고 할 수는 없다. 내가 그런 시절을 그리워하는 것도 역시 아니다. 그런데 요즘은 약사와 손님 간의 분위기가 너무 손님 쪽으로만 일방적으로 유리하게 흐르다 보니 약사로서 억울한 면도 종종 있다.

한번은 이런 일이 있었다. 저녁 무렵 도와주는 약사도 없이 한창 바쁠 때였다. 한 손님이 641,400원 어치의 약을 샀다. 그 손님은 카드로 약값 결제를 했다. 그런데 실수로 내가 651,400원으로 카드단말기를 눌렀다. 만 원을 본의 아니게 더 청구한 거였다. 하지만 나는 그 당시 그 사실을 몰랐다. 손님도 무심히 영수증을 받아 갔기 때문이다.

그런데 다음날 전화가 왔다. 어제 그 손님이었다. 손님은 전화를 받자마자 대뜸 물었다.

"어제 약 사간 사람인데 왜 만 원을 더 결재했어요?"

일단 그러면 나는 확인을 해야 했다. 전화를 끊고 장부를 확인한 결과 실수가 있었음을 알게 되었다. 얼른 인터넷뱅킹으로 손님의 통장에 만 원을 송금했다. 그리고 다시 전화를 걸었다.

"아, 죄송합니다. 제가 혼자서 바쁘게 업무를 보느라 정신이 없었습니다. 그러다 보니 버튼을 잘못 누르고 말았네요. 만 원을 지금 통장에 넣어 드렸습니다. 확인해 보세요."

내 말을 들은 손님은 자기 남편을 바꾸겠다고 했다. 아무래도 어제 있었던 일을 자기 남편한테 다 얘기한 것 같았다. 그런데 이 남편이라는 사람이 전화를 바꾸자마자 다짜고짜 욕설과 함께 큰소리를 치는 것이 아닌가. 갑

하남시 소재 영생당 약국에서의 한때

작스런 거친 말투에 나는 당황도 하고 어처구니가 없기도 했다. 자초지종을 설명하면서 필요한 조치는 다 취했다고 차분하게 이야기했다. 그럼에도 불구하고 남편의 격앙된 목소리는 줄어들지 않았다.

"당신네 약국 이러는 게 벌써 두 번째야!"

그러면서 오히려 더 크게 역정을 냈다. 마치 우리가 의도적으로 그랬다는 식으로 얘기를 하는 거였다. 또 언제 무슨 일이 있었는지 모르지만 참다 못한 나는 억울한 마음에 이렇게 말했다.

"그래요, 제가 잘못 누른 건 인정합니다. 사과드렸잖습니까? 하지만 설령 제가 잘못 눌렀다 하더라도, 가져가시면서 영수증을 한 번쯤 보셔야 하지 않겠어요?"

그 말을 하자 남편이 격분했다.

"뭐라고요? 당신이? 잘못 눌렀어? 그리고 우리보고 확인을 안 했다고? 잘못은 당신이 한 주제에 우리한테 책임을 덮어씌우겠다는 거야, 뭐야?"

그리고는 가만 안 두겠다, 나중에 두고 보자는 둥의 험한 말을 하더니 전화를 탁 끊어 버렸다.

그 전화를 받고 나는 한동안 멍하게 있었다. 내가 실수를 하긴 했지만 도대체 왜 이런 대접을 받아야 하나 하는 생각이 들어 일이 한동안 손에 잡히지 않았다.

이런 식의 해프닝은 약국에서 흔히 있는 일이었다. 사람 상대하는 게 생각보다 훨씬 힘들기 때문이다.

한번은 이런 일도 있었다. 한 할머니 환자가 1년 치 종합병원 처방을 끊어왔다. 1년 치 약은 그 양이 엄청나기에 처음에 처방전을 가지고 왔을 땐 약이 다 준비되지 않은 경우가 많다. 특히나 대학병원 앞의 문전약국이 아닌 우리 같은 클리닉 약국은 더더욱 그렇다. 그날도 마찬가지였다. 그래서 그 손님에게 이렇게 말할 수밖에 없었다.

"어머님, 지금은 1년 분량의 약을 다 드릴 수 없어요. 그러니까 내일 오시면 오늘 못 드린 것까지 마저 챙겨드리겠습니다."

그렇게 조처해서 돌려보냈다. 다음날 아침 일찍 다시 그 할머니가 약국을 방문했다. 하지만 아직 주문한 약이 도착하지 않은 상태였다.

"조금만 기다리시면 완성되니까 좀 기다리세요."

그러자 그날은 약을 기다렸다 가져갈 여유가 없다면서 계산만 먼저 하고 간 뒤 약은 다음날 다시 가지러 오기로 했다. 물론 다음날, 약속대로 그 약을 찾아 가지고 갔다. 나는 그렇게 일이 끝나는 줄 알았다.

그런데 며칠 후에 그 손님에게서 전화가 왔다.

"약사님. 나한테 약이 없어요."

"네? 그게 무슨 말씀이세요?"

"생각해 보니 내가 약국에서 약을 가져간 것 같지 않아요."

갑자기 그런 말을 들으니 나는 뭐라 할 말이 없었다. 생각을 되짚어보라는 말밖에 할 수 없었다. 하지만 그럼에도 불구하고 자기는 결코 기억이 안 난다고 따지듯 말했다.

하도 그렇게 주장하니 방법은 CCTV를 확인하는 길밖에 없었다. 약국에 있던 CCTV를 되돌려 보니 하필이면 그 일이 있었던 날에는 녹화가 되어 있지 않았다. 청천벽력이었다. 그 일이 있기 며칠 후부터 녹화가 되어 있었다. 그전 것은 자동으로 다 지워졌던 거다. 손님이 잘못 기억하고 있다는 것을 증명할 유일한 증거가 없어졌으니 나는 속이 조금씩 타 들어갔다. 자칫하면 공짜로 1년 치 약을 줘야 할 상황이 벌어진 것이다. 설상가상으로 손님은 반드시 그 약을 다시 받아야겠다고 길길이 뛰었다.

"아무리 생각해도 나는 약국에서 약을 가져간 기억이 없어요."

손님은 숨을 거칠게 몰아쉬면서 약을 요구했다. 그 때 그냥 순순히 일 년

치 약을 내가 줬으면 모든 상황이 종료가 됐을 것이다. 그러나 그냥 줄 수는 없어서 제안을 하나 했다.

"어머님. 일단 제가 한 달 치 약을 그냥 드릴게요. 그리고 집에 가서 잘 찾아보시고, 한 달 뒤에도 안 나오면 그땐 제가 일 년 치 약을 다 드리겠습니다."

그만큼 나는 자신이 있었다. 틀림없이 손님이 실수로 기억하지 못했을 거라고 확신했다. 그래서 일단 그 손님은 알았다고 하고는 한 달 치 약을 받아갔다.

그리고 3일 후 다시 손님에게서 전화가 왔다.

"미안합니다. 알고 보니 우리 남편이 그 약을 집에 잘 보관해두고 있었어요. 약이 하도 많아서 그때그때 꺼내 먹도록 약을 다른 장소에 놓아둔 거였어요."

그런데 그 사실을 까맣게 잊은 거였다. 마침 또 그 손님의 머릿속엔 계산만 하고 간 기억만 남아 있었기에, 약을 아무리 찾아봐도 없으니까 그만 착각을 한 모양이었다. 결국 그 손님은 연신 미안하다는 말을 했고, 그렇게 허망하게 사건은 수습되었다.

사실 약을 실수로 적게 주거나 하는 경우는 거의 불가능하다. 약을 조제하고 손님에게 넘길 때 약사 두 사람 이상의 손길을 거치기 때문에 그렇다. 전문의약품의 경우에는 약을 조제한 약사와 약을 주는 약사가 항상 다르다. 반드시 확인을 거치는 거다. 그런 식으로 확인을 해야 실수를 조금이나마 줄일 수 있기 때문이다.

약국들의 문제점

　전문의약품의 가격은 천차만별이다. 예를 들어 한 알에 몇 십 원짜리도 있지만 한 알에 만 원대에 육박하는 것도 있다. 그런 약이라면 알약 자체의 가치가 거의 귀금속 수준이다. 한 박스라면 그 가격이 몇 십만 원씩 나간다.

　이런 약을 많이 팔면 이익이 클 것 같지만 약국이 받는 이익은 처방전 한 장당 최대 만 오천 원 내외다. 그래서 약국에서 약값 비싸게 받아도 소용이 없다. 그건 아무리 환자가 몇 백만 원 어치 약을 사도 약국의 이익은 똑같기 때문이다.

　그러다 보니 가끔 웃지 못 할 해프닝이 벌어지기도 한다. 약값이 오십만 원 넘어가면, 구매자가 카드로 결제할 때 구매가격의 약 3%로 빠져나가는 카드수수료가 약을 팔아 버는 이익금보다 더 커진다. 그런 경우엔 약을 팔아봤자 오히려 손해다. 제도가 만든 묘한 맹점인데 언뜻 생각하면 이에 대해 약사들의 불만이 많을 것 같지만 실제로 그렇게 불만이 약업계 전체에

120

퍼져 있지는 않다. 이는 종합병원 바로 앞에 있는 약국, 그러니까 문전약국들에게만 해당되는 문제이기 때문이다. 문전약국은 환자들이 병원의 처방을 받고 비싼 약을 대량으로 구매하는 곳들이다. 동네 약국들에겐 별로 그게 큰 문제는 아니다. 그러니 모든 약사들의 공감대를 형성하는 문제점은 아닌 셈이다. 카드 수수료 인하에 대한 목소리를 약업계가 일사불란하게 낼 수 없는 게 바로 그런 부분 때문이다.

위의 경우에서도 알 수 있지만, 약국의 입지에 따라 약사들의 태도라든가 판매 전략, 약국을 주로 찾는 손님이 다르다. 심지어는 취급하는 약의 종류도 조금씩 다르다. 내가 하는 약국은 일반적인 '클리닉 약국'에 속한다. 종합병원 근처에 있는 문전약국에 비해선 병원 환자가 잘 안 오긴 하지만, 그 대신 근처 주민들이 오기 때문에 고객층은 오히려 문전약국보다 광범위하다. 그 중에서도 단골이 있는데, 이들은 아무리 멀리 있는 병원에서 진료를 받아도 꼭 우리 약국을 찾곤 한다. 사실 동네 약국은 이러한 단골이 매우 중요하다. 거의 유일한 고정 고객층이기 때문이다.

또 한 가지 동네 약국의 특징은 문전약국보다 약의 종류가 많아야 한다는 것이다. 왜냐하면 문전약국은 근처 큰 병원에서 쓰는 약만 구비하면 되기 때문이다. 의약분업으로 인해 병원이 약을 조제하던 게 약국으로 넘어오면서 자연히 병원 근처 약국은 그 병원의 의사들이 주로 처방하는 약을 쓰게 되었다. 그러나 동네 약국은 근처에 작은 의원들이 여기저기 있는데다가 그 병원들이 쓰는 약을 일일이 다 알아볼 수도 없고, 간간이 종합병원에서 오는 손님들도 있었기에 만일을 대비해 거의 모든 종류의 약품을 구비해 놓아야 한다. 자칫 약이 부족해 손님들이 "약국에 약이 없다고요?" 라고 따지면 곤란하다. 그런 식으로 손님을 그냥 보낸다는 건 나의 경영철학에도 맞지 않았고, 용납을 할 수가 없었다. 그래서 우리 약국에 있는 전문약 가짓수는 무려 오천 여 개에 이른다. 이건 여지없이 재고관리의 문제로 다가오기에 늘 신경을 곤두세워야 할 일이다.

약국을 하면서 가장 꼴불견인 손님들은 술에 취해 들어오는 사람들이다. 술을 마셔서 제정신이 아닌데다가 자기 절제를 제대로 못해 돌출 행동을 많이 저지르기 때문이다. 음주 손님들은 주로 숙취 해소제를 사러 오지만 간혹 일반 약을 사러 오는 경우도 있다. 그러나 무얼 사려고 왔느냐와 관계없이 술이 취한 채 들어오는 손님을 맞게 되면 나도 모르게 긴장하게 된다.

요전에는 이런 일도 있었다. 그날은 금요일 밤이라 음주 고객이 많을 때였는데, 웬 40대 남자가 들어왔다. 남자가 찾는 약은 〈메디폼〉이라는 상처에 붙이는 밴드스타일의 약이었다. 그런 약들은 병원에서 처방전을 받지 않고도 구매할 수 있는 약이었다. 그래서 약국 한쪽의 진열대에 손님들이 자유롭게 고를 수 있도록 갖춰놓았다. 손님이 그 약이 어디 있냐고 묻기에 나는 저쪽 진열대에 있으니 직접 고르라고 했다. 손님은 비틀거리는 걸음걸이로 제품 하나를 집어 들고 와서 얼마냐고 물어보았다. 그런데 손님이 약품을 들고 있어서 정확한 약값을 알 수 없었다. 아무리 약사라고 해도 모든 약품의 가격을 일일이 다 기억할 수는 없었기에 가격 라벨을 봐야 했다.

"가격은 라벨에 붙어 있어요."

내 대답을 듣고 그 손님은 라벨을 보려 애썼지만 술에 많이 취했는지 조그맣게 쓰인 숫자가 제대로 보이지 않는 것 같았다. 잠깐 뚱하니 서 있던 손님은 돌연 뒤돌아서 양손에 약을 들고 출구 쪽으로 향했다. 계산도 안 하고 그냥 가려고 하는 거였다.

"계산하고 가세요!"

내 말을 듣자 갑자기 남자는 들고 있던 약을 바닥에 내던지면서 고함을 질렀다.

"에이! 이 약값을 내가 어떻게 알아! 니미럴……."

그러더니 주위에 있던 약을 있는 대로 집어던지고 짓밟으며 마구 욕을 해댔다. 술에 취해 비틀거리면서도 약국을 난장판으로 만들었다. 그 때 아내도 같이 약국을 보고 있었지만, 장애인인 나와 여자인 아내가 술에 취한 채 화가 잔뜩 난 건장한 남성 한 명을 제압할 수 있을 리 없었다. 나는 결국 경찰을 불렀다. 신고 받고 출동한 경찰관은 아직까지 흥분해서 욕을 쏟아내고 있는 손님을 제압하여 약국 밖으로 끌고 갔다. 아마 그 남자는 내가 직접 약이 있는 곳까지 안내를 하고 친절하게 약을 건네주면서, 이건 얼맙니다, 라는 식으로 극진하게 응대하길 원한 것 같았다.

하지만 모든 손님을 일일이 그렇게 대하는 건 현실적으로 불가능했다. 간혹 약사의 입장은 생각하지 않고 자기 입장만 생각하는 손님들이 오면 골치가 아팠는데, 여기에 술까지 취하면 더 했다. 정말 약국을 하다 보면 별의별 손님들이 다 찾아온다.

　이처럼 약사라는 직업도 꽤나 힘든 구석이 많기에 하지 않아도 된다면 굳이 약국을 개업하지 않는 경우도 있다. 물론 약대생들의 7, 80%는 개업하긴 하지만, 간혹 병원이나 제약회사로 들어가는 경우도 있고, 일부는 대학교 강사, 교수로 빠지기도 한다. 일부 여약사들의 경우엔 남편이 어느 정도 돈을 벌고 사회적 지위가 되면 굳이 약국을 하지 않고 집에 있기도 한다. 이들은 약사 자격증이 있기에 마음만 먹으면 언제든지 약국을 개업할 수 있지만, 업무의 과중한 피로 때문에 부러 약국을 차리지 않는 것이다.

　사실 약사를 하면 시간을 많이 빼앗긴다. 영업 중에는 제대로 밥을 먹을 시간도 없다. 나 같은 경우는 예전에 직원 하나만 두고 약국을 운영할 때 자장면 한 그릇을 변변히 먹질 못했다. 먹는 도중에 손님을 맞으면 어느새 다 불어 버리기 때문이었다. 그렇다고 식사 시간에 문을 닫을 수도 없는 노릇이라 어쩔 수 없이 점심을 굶거나 대충 빵 같은 걸로 때우는 경우도 흔했다.

　예전에는 또한 집안의 사정상 주말에도 평일 못지않게 일을 많이 해서 육체적으로 피곤하기도 했다. 개인적으로도 주위에서 약사를 하려는 사람이 있다면 그리 권하고 싶진 않다. 의외로 고된 직업이기 때문이다.

　그렇지만 약사로서 느끼는 보람도 한편으로는 있다. 예전에 하남에서 약국을 할 때는 단골들이 많았다. 굳이 약을 사러 오지 않아도 그냥 얘기를 나누러 찾아오는 손님들도 종종 있었다. 그래서 손님들에게 약만 파는 게 아니라 그들과 여러 가지 삶에 대한 이야기를 나누곤 했다. 세상 사는 이야기도 하고, 기

아버님과 당신의 유일한 핏줄인 사촌 이시카와 님과 함께

쁨과 슬픔을 공유하기도 하고, 누군가의 생일이기라도 하면 떡 같은 걸 한 입 얻어먹기도 했다. 물론 환자의 증상이나 건강 상태에 대해 상담을 하기도 했다. 그래서인지 따로 감사인사를 하러 오는 손님도 있었고, 어떤 손님은 다른 손님을 모셔오기도 한다. 이처럼 동네 주민들과 인간적인 교류를 할 수 있다는 게 약사로서 나는 좋았다. 무엇보다 내가 상담하고 조제한 약 덕분에 환자들의 병이 씻은 듯이 나았을 때, 나는 커다란 기쁨을 느끼곤 했다.

수지로 온 이후엔 그런 부분이 많이 사라졌다는 점이 아쉽다. 사실 이는 지역의 분위기 때문인 것 같다. 하남은 그 당시 개발이 덜 되어서 그런지는 모르겠지만 전반적으로 사람들이 순수했다. 새로 이사 온 사람들에게도 친절하게 잘 대해 주었고, 이웃 간에 서로의 고민을 허심탄회하게 털어놓기도 했다. 그래서 동네 분위기는 늘 화기애애했고, 지나가는 사람들마다 서로 인사를 했다. 반면 지금 약국이 있는 수지는 한창 개발붐이 일고 있어 주로 중산층들이 많이 살고 있다. 그런데 이들이 삶이 팍팍해서인지, 자기 삶에 바빠서인지 도무지 자신과 상관없다고 여기는 사람들의 삶에 대해선 관심이 없다. 그런 만큼 자기 잇속은 더욱 철저하게 챙기려는 모습은 아쉽다. 어떻게든 약값을 깎으려고 애를 쓰는 모습을 보면 그렇다. 시골 지역에 비해 약값에 훨씬 예민했던 것이다. 심지어는 인터넷을 뒤져서 미리 가격을 알아보고 그 가격과 비교하며 따지는 손님들도 있었다. 그래서 때로는 하남에서 약국을 했을 때가 그립기도 했다. 물론 요즘 하남도 많이 개발이 되어서 그때의 분위기가 남아 있는지는 잘 모르겠지만.

약국소회2

내가 한참을 약국을 열심히 할 때는 수하에 약사가 여섯, 일곱 명까지 되었다. 오랜 기간 약국을 성공적으로 경영하게 된 건 나 혼자 잘 한다고 되는 일은 결코 아니다. 나는 약국 경영에서도 가장 중요한 것은 진실이라고 생각한다. 다시 말하자면 내가 진실 되게 고객을 대하고 약사들을 관리한다면 약국은 잘될 수밖에 없다. 내 약국의 문을 열고 들어온 그 손님이 우리 가족이고 형제라고 생각을 하면 문제가 될 것이 별로 없기 때문이다. 손님을 대할 때는 위선을 가지고 있다거나 친절을 가장해서는 안 된다. 그래서 나는 세네카의 다음 말을 좋아한다.

혼자 있을 때라도 늘 남 앞에 있는 것처럼 생활하자. 마음의 모든 구석구석이 남의 눈에 비치더라도 두려울 것이 없도록 사색하고 행동하자. 진실의 힘은 오래 지속된다. 진실은 사람이 소유하고 있는 재산 중 최고의 것이다. 진실은 진실한 행위를 통해서만 남에게 전달된다. 진실은 인생의 극치이다.

손님들이 오면 그들과 진실성을 가지고 만나야 한다. 그런 과정이 반복되다 보면 고객들과 가족 같은 유대감을 갖게 된다. 상담을 통해 그 환자의 병력을 파악하고, 그들의 체질이나 경제상황에 맞는 좋은 약을 골라 드리기도 하고, 때론 서비스로 할인을 해서 약품을 제공하기도 한다. 이러다보면 그들이 나중에 다른 환자를 소개해 주기도 해서 더 큰 보람을 안겨주는 것이다.

하지만 약국에 와서 떼쓰는 손님들도 얼마든지 많아 이 원칙을 일관되게 지키기가 결코 쉽지 않다. 한번은 약을 복용하다가 떨어지자 나에게 찾아와 사정을 하는 손님이 있었다. 서울의 보훈병원까지 가야 되는데 시간이 없기 때문에 일단 약 15일치를 먼저 빌려달라는 거였다. 늘 복용하던 거니까 그대로 계속 약을 먹으면 된다고 생각한 거다. 나는 가족이라 생각하기 때문에 돈도 안 받고 15일치 약을 먼저 빌려주었다. 그러면 그 환자가 나중에 병원 갔을 때 15일치 처방을 더 받아 오거나, 아니면 똑같이 평상시처럼 받아와서 내가 15일치 약을 빼고 지으면 아무 문제가 없다. 문제는 똑같은 처방이 아닐 때가 간혹 있다는 점이다.

그렇지만 그런 정도는 일도 아니다. 약 받아간 것을 못 받았다는 손님도 있고, 기억이 안 난다는 손님도 있다. 받아간 약이 제 것이 아니라고 주장하는 사람도 있으니, 참 쉬운 문제가 아니다. 그럴 경우에는 집에 남은 약을 가져와 보라고 하면 또 남은 약이 없다고 볼멘소리를 하기도 한다. 이처럼 천차만별인 사람들을 만나야 하기 때문에 약국에서 벌어지는 에피소드는 수도 없이 많다. 그래도 다 진실되게 대하면 어떻게든 좋게 해결이 된다. 나는 아마도 나의 세례명 때문이 아닌가 싶다.

지금은 내가 교회를 다니지만 나를 임신했을 때 어머니는 성당을 다니셨다. 그래서 나는 모태신앙을 갖게 되었는데 나의 세례명이 스테파노였다. 스테파노는 최초의 순교자이다. 사도행전을 보면 스테파노가 은총과 성령의 힘을 받아 백성들 앞에서 놀라운 일과 기적들을 행했다고 한다. 그러한 그의 능력 때문에 유대인들이 스테파노와 논쟁을 벌였지만 지혜와 성령을 받아 말하는 스테파노를 도무지 당해 낼 도리가 없었다. 그러자 화가 난 사람들이 크게 소리를 지르며 스테파노에게 달려들어 성 밖으로 끌어내서는 돌로 치기 시작하였다. 그런데도 스테파노는 오히려 그들을 위해 기도했다. 그리고 예수님처럼 죽었다. 그는 하나님을 향해 신뢰에 가득 찬 눈을 들고 죽음을 맞은 것이다. 죽으면서도 웃을 수 있는 용기를 보여준 세례명을 따서인지 나는 어떤 고난이 와도 웃으며 맞고 싶다. 손님들을 미소로 응대하는 건 죽음에 비하면 아무것도 아니지 않은가.

하지만 이렇게 진실로 응대하는 것은 사실 약국의 오너인 나 아니면 할수 없는 일이다. 고용된 약사들에게 기대할 수 있는 영역이 아니다. 내가 약국의 책임자고 약국의 장이기 때문에 가능한 일이다. 가끔은 그래서 손님의 불만을 화를 내지 않고 끝까지 참을성을 가지고 들어주면 다른 약사들은 놀라곤 한다. 같은 말을 열 번 해도 나는 가급적이면 그들의 이야기를 진솔하게 들어주려 애쓴다. 납득을 시키려고 노력하는 것이다. 잘 설명을 해줘야 납득을 하고 이해를 한다. 그러니 열 번이고 백번이고 해야 한다. 얘기가 안 된다고 손님을 쫓아낼 수도 없는 노릇이기 때문이다. 이렇게 내가 진실 되게 대하면 결국 손님들이 이해를 하고 오해는 풀린다. 계속 나를 찾아오게 되는 것이다. 진실은 통하기 때문이다.

진실 됨은 비단 손님들에게만 적용되는 것은 아니다. 직원들의 경우에도 나는 진실 되게 대하려고 애쓴다. 급여라든가 처우, 복리 등을 좋게 해주려는 것이다. 약사가 약을 조제하고 투여하는 것도 단순해 보이지만 정말 숙련되게 하느냐, 실수하느냐에 따라 결과가 달라지기 때문에 그 숙련도를 보게 되는 것이다. 그리고 한 단계 더 나아간다면 고객 상대를 어떻게 하느냐, 상담을 잘하고 그에게 적합한 제품을 적절하게 권매할 수 있는지 등의 능력을 보게 된다. 약사에게는 상담도 일종의 서비스이기 때문이다. 거기에 근면과 성실함은 완전히 기본이다. 그런데 그 기본을 제대로 못 지키는 사람도 많다.

이렇게 종합적으로 파악해 보았을 때 그 사람의 월급이 아깝지 않다 싶을 때는 후하게 급료를 준다. 하지만 그게 안 될 때는 다시 생각을 좀 해봐야 된다. 대화를 통해 그들의 능력에 대해서 정확한 평가를 하고 그 평가에 상응하는 계약 조건을 제시하거나 심지어는 결정적인 미스가 있을 때는 이

별을 고할 수밖에 없다. 약국 경영도 이렇게 결코 쉬운 일이 아니다. 첫째로는 고객과의 관계가 중요하고, 두 번째는 직원들과의 관계가 어렵다.

그밖에 약국 경영에 있어 큰 문제가 있다면 재고관리의 문제가 있다. 자신의 일을 그저 돈벌이로만 여기는 약사들은 약국 안에 어떤 물건이 재고로 썩건 말건 신경을 쓰지 않는다. 그저 때 되어서 월급 받아 가면 그만이라는 생각 때문이다.

하지만 충실한 직원일 경우는 나에게 시기적절하게 이야기를 한다.

"국장님, 이거 유효기간 얼마 안 남았습니다. 빨리 소진시켜야 합니다."

그런 직원은 정말 일을 잘하는 약사이다. 내 약국의 일을 자신의 일처럼 여기는 것이다. 어딜 가도 성공할 사람이라고 본다.

하지만 대부분은 약국에서 근무하고 약국에서 생계를 도모하면서도 약국의 재고 파악에 신경도 안 쓴다. 남의 일이라 여기는 것이리라. 결국은 오너인 내가 신경 써야 할 일이다. 약이 얼마나 남았는지 주의깊게 보면서 처리해야 한다. 약들이 빨리빨리 회전되어 상태 좋은 약들이 환자들을 기다리고 있어야 하는 것이다. 한 약품이 오래 쌓여 있으면 제약회사에서 결제를 요구한다. 그런 경우 나는 팔리지 않은 약에 돈을 지불해야 하기 때문에 적절한 시기에 안 팔린다면 그 약품을 반품할 수 있어야 한다. 이처럼 약국경영에는 재고관리가 정말 중요하다. 수천, 수만 개의 약을 관리하기 때문이다. 그걸 잘하는 약사가 있으면 좋은데 자기 일처럼 그걸 해주는 약사는 정말 드물다. 남의 밑에 있으면서도 자기 일처럼 일해주는 사람이 있으면 그 사람은 성공을 담보 받은 사람이라고 해도 과언이 아니다.

조제실 안에만 해도 오천 종류의 약이 있고 밖의 진열장까지 더하면 만 종류가 넘는 약들이 우리 약국에 있다. 유효기간도 파악하고 있어야 하고, 수시로 전문약은 제대로 관리되나 살펴야 하기에 아예 약사 한 사람에게 임무를 주었다. 그 자리에서 수시로 체크해서 유효기간 지난 것을 빨리빨리 빼고 정리하는 임무였다. 그만치 재고관리는 약국에서 큰일이기 때문이다.

재고관리를 잘못해서 약이 떨어지면 그것도 손님들은 싫어한다. 이 약국에 약이 없네? 하면 다른 약국을 찾아갈 수도 있고 신뢰가 떨어지기 때문이다. 게다가 요즘은 약국도 세금을 많이 내야 한다. 항상 판매한 약품들은 의료보험이라든가 자료가 잡히기 때문에 세금도 준비해야 하고, 성실한 납세 의무를 다해야 한다.

결국 이 모든 어려움 때문에 나와 아내는 밤늦게까지 약국에서 둘이 일을 하는 것이다. 우리 부부는 주말이면 꼭 붙어 앉아 힘들게 약국을 운영해 왔다. 그렇게 힘들게 노력해서 사회에 공헌하는 것을 사람들은 잘 몰라주지만 나는 뭐 그런 것에 크게 상관하지 않는다. 남들 놀 때 공부하는 게 재미있다고 생각하는 사람이기 때문이다. 사회에 나와서도 남들이 놀 때 나는 일하고, 그것이 나의 마음을 편안하게 해준다. 남들이 놀 때 똑같이 놀면서 돈을 벌 수는 없는 것이다. 그런 마음의 다짐을 가졌기 때문에 지금의 내가 있는 것이다.

인터넷 뉴스에 약사들이 보는 자기 직업만족도를 살펴보면 약사의 인기가 153위다. 정말 약사의 직업 만족도가 그렇게 낮다는 게 이해가 된다. 대부분의 약사가 자기 직업에 만족을 못 느끼는 것이 현실이기 때문이다. 한국고용정보원이 발표한 직업만족도 조사결과는 우리나라의 759개 직업군 가운데 현직 종사자 2만 6181명을 대상으로 한 것이었다. 사회적 기여도와 지업 지속성, 발전 가능성, 업무환경 및 시간적 여유, 전반적 만족도 등에 대해 질의한 결과가 그렇게 안 좋게 나왔다. 문항을 자세히 살펴봐도 어느 것 하나 제대로 충족된다고 말할 수 있는 게 없다.

사회적 기여도는 약사들이 별로 느끼기 어렵다. 조제실에 들어 앉아 있으면 세상 돌아가는 것도 잘 모르고, 그저 단순해지는 느낌이다. 지업 지속성은 고되고 답답한 업종이라 다들 이걸 평생 한다는 생각을 하면 끔찍해진다. 게다가 발전 가능성도 별로 느끼지 못한다. 늘 반복되는 일상이기 때문이다. 업무환경이 열악하고 시간 여유는 없음을 이미 누구나 알고 있다. 게다가 요즘은 의약품을 약국외의 슈퍼 같은 곳에서 판매할 수 있게 한 것 등등의 일련의 사태가 그렇게 만족도를 떨어뜨린 것으로 보인다.

의사와 판사들은 상위권의 만족도를 보이는데 약사들은 이렇게 한참 떨어지는 것이다. 그도 그럴 것이 병원은 대개 일찍 문 닫고 직원도 여러 명이고, 낮에 무슨 일 있으면 볼일 보러 잠깐 나갔다 올 수 있지만 약국은 밤 10시까지 문을 열어야 한다. 게다가 약사는 대개 혼자 업무를 처리하기 때문에 꼼짝 못하고 약국을 지켜야 한다. 배변장애를 느끼는 약사도 있다고 할 정도다.

그래도 나의 경우는 약사 혼자 있는 다른 약국들보다는 훨씬 조건이 좋다. 근무 약사들도 있고 규모가 어느 정도 되어서 그나마 시간 여유도 만들 수 있기 때문이다. 하지만 역시 나에게 직업만족도 설문이 온다면 그렇게 만족스럽다고 대답하긴 어려울 것이다. 진실성과 만족도는 별개임이 분명하다.

약국 소회3

약국에 있다 보면 별의별 일이 다 생긴다. 약값도 안내고 냈다고 거스름
돈을 달라는 사람도 있고, 집에 갈 차비가 없다며 돈 좀 달라는 사람도 있
다. 손님들이 줄서서 기다리고 있는 데에서 떼를 쓰니 억지로 그런 사람들
을 쫓아낼 수도 없고 난감해진다. 그래서 요즘은 약국에서도 폐쇄회로 카
메라를 설치하는 것이다. 여러 가지 해괴한 일이 많지만 대개는 해프닝으
로 끝난다.

그 가운데 가장 심한 것은 약국을 강제로 문 닫는 일일 것이다. 약국은
생업의 수단인데 문을 닫는다는 것은 학생으로 치면 정학이고, 회사로 치
면 휴업인 셈이다. 그런데 내가 바로 악질적인 음모의 노림수에 의해 약국
을 문 닫은 적이 있었다.

1991년도에 있었던 일이다. 하남에서 내가 약국을 할 때였는데 굉장히
운영이 잘됐다. 가족적인 분위기로 진실 되게 손님들을 대했기 때문이다.

그 무렵 나는 오전 9시부터 밤 10시까지 줄곧 일할 수는 없기 때문에, 오전에는 피로가 풀릴 때까지 푹 쉬고 조금 늦게 나가는 경향이 있었다. 고등학교 때도 체력이 약해서 야간 자율학습을 다 하지 못하고 집에 가곤 했던 경험이 있는 나인지라 아침에 다소 늦게 출근을 하게 되는 것이다. 그러다보니 자연스럽게 오전 시간에는 직원을 하나 쓰게 되었다.

그 당시 나는 한약을 처방하고, 그로 인해 좋은 소문이 나서 손님을 많이 끌어오기 때문에 주변 약국에서 늘 시샘을 받고 있었다. 사실 나는 사건이 일어나기 전에는 그것이 그저 시샘 정도인 줄로만 알고 있었다. 그렇기에 별로 신경을 크게 쓰지 않았다. 어차피 그게 경쟁이기 때문이다. 경쟁의 사전적 정의를 찾아보면 이렇게 나온다.

① 같은 목적에 대하여 서로 이기거나 앞서려고 다툼
② 생물의 여러 개체가 제한된 환경을 이용하기 위하여 벌이는 상호 작용

그런데 기본적인 전제는 경쟁의 수단이나 방법이 동일해야 한다는 것이다. 달리기로 치면 같은 출발선상에 서야 하는 것이고, 도구를 사용한다면 똑같은 도구를 써야 한다. 약국끼리의 경쟁이라면 결국 각자 얼마나 손님을 진실 되게 대하느냐, 마진을 적게 취해 많은 손님을 부르는 것과, 마진을 적정하게 취해 이익을 극대화하는 상호 모순을 잘 조정하는 능력이 필요한 것이다. 이것을 흔히 경쟁력이라고 하고 이렇게 하는 경쟁을 선의의

경쟁이라고 불렀다.

이런 선의의 경쟁이 깨진 건 바로 누군가가 나를 악의적인 방법으로 발목을 잡았기 때문이다. 그 사건의 자초지종은 이렇다.

약국에 근무하는 종업원은 내가 나오기 전 시간을 근무하기로 했다. 부끄러운 이야기이고 약사법에 걸리는 문제였지만 과거에는 대부분의 약국이 약사 없을 때 종업원이 간혹 조제까지 하곤 했다. 요즘의 엄격한 기준으로 본다면 말도 안 되는 이야기였으나 과거에는 약사가 혈압도 재주고, 주사도 놓고, 심지어는 왕진까지 갔다는 말이 있다. 아무튼 내가 약국에 없는 오전 시간에 종업원이 일을 하게 되는 것이다.

당시에는 내 약국이 초기의 어려움을 딛고 제법 잘되었지만 하남 지역에서는 약품가격이 굉장히 문란할 때였다. 같은 동네의 약국마다 약값이 다달랐기 때문이다. 그러니 고객들도 약값이 싼 약국을 찾아다닐 수밖에 없는 실정이었다. 궁여지책으로 하남시 약사회에서는 약값이 문란해지니까 몇 가지 약품의 가격만은 반드시 지키자고 내부지침을 내렸다. 일종의 카르텔이었는데 최하가격을 정해 놓고 그 이하로는 팔지 말자는 거였다. 예를 들어 박카스가 150원이면 반드시 그것만은 150원에 팔고, 다른 약은 각자 알아서 팔아도 된다는 규정이었다. 이것은 단순히 권고사항이 아니라 협정을 한 것이기에 회원 약국들은 반드시 지켜야 했고, 가끔 약사회에서 암행감사를 하기까지 했다. 사람을 시켜서 정말 협약을 지키는지를 확인하는 것이다.

당시 대한약사회 밑에는 경기도 약사회가 있고, 그 밑에 하남시 지회가 있는데 그 무렵 열대여섯 개의 약국이 하남에서 성업 중이었다. 그러다보니 어느 약국은 누가 한다는 것까지 다 알 정도였다. 그러한 카르텔이 형성되어 약값 지키기가 한참 진행되어 가고 있을 때 어느 날 약국에 나갔더니 하남시 약사회장이 나에게 전화를 걸어왔다.

"김약사, 비약사 판매로 당신네 약국을 고발할 수밖에 없었어요."

하늘이 무너지는 소리였다. 비약사 판매라는 것은 약사 아닌 사람이 약을 판매 하는 경우를 말하는데 내가 없을 때 종업원이 약을 팔았다는 것이다. 물론 해서는 안 되는 불법이었다.

"그래서 보건소에 고발이 들어갔어요."

그 말을 들은 나는 어처구니없어 하면서 자초지종을 알기 위해 약사회 사무실로 찾아갔다. 그랬더니 어떤 아주머니가 내가 없을 때 우리 약국에 녹음기를 가지고 와서 직원에게 부스코판이라는 약을 달라고 했단다. 부스코판은 일반인이 흔히 찾는 약도 아니었다. 게다가 그 직원은 낯익은 아주머니가 와서 약을 달라니 몇 백 원 할인까지 해서 그 약을 판매했다. 늘 내가 하던 걸 보아 왔기에 그대로 한 거였다. 이 상황이 모두 생생하게 녹음이 된 거였다. 녹음 테이프를 들고 간 아주머니가 약사회 회장에게 건네주며 고발해달라고 이야기했다는 것이 사건의 전말이었다.

정상적인 상황이라면 약사회장은 회원을 보호하기 위해 최대한 노력하고 설령 문제가 있다손 쳐도 회원부터 감싸고 돌봐야했다. 그러라고 약사들이 회장을 시킨 거였다. 그런데 나에게 물어보지도 않고 일단 고발이 들어왔다며, 또한 단속기간이라고 접수부터 해버린 건 날 골탕 먹이겠다는 의도 외에는 달리 해석할 방법이 없었다. 일단 약사회장이 나를 좋게 보지 않았기 때문에 일이 이렇게 전광석화로 벌어진 거였다. 당시 만일 이런 식으로 녹음기를 들고 가서 비약사 판매를 부탁하면 백퍼센트 걸리지 않을 약국이 없었다. 당시에는 종업원들이 약을 판매하는 게 관행이다시피 했기 때문이다. 하남시에 있는 다른 약국들도 대개 거기에서 자유로울 수 없었다.

억울한 마음을 부여안고 나는 문제해결을 위해 보건소로 갔다. 그러나 이미 때는 늦었다. 기다렸다는 듯 보건소장의 결재가 초스피드로 떨어져 나는 꼼짝없이 징계를 받아야만 했다. 보건소가 얼핏 보면 별로 하는 일이 없어 보이지만 병원과 약국은 그 지역의 보건소가 관할하게 되어 있었다. 한 마디로 약국들의 상급기관이고 감독기관인 셈이다. 이미 보건소장에게서 급속도로 결재가 났기 때문에 우리 약국은 영업정지 15일을 받고 말았다. 어떤 항의나 저항도 소용이 없었다.

너무나 마음이 아프고 속이 상했다. 그러면서 동시에 억울했다. 왜 나에게만 이런 일이 생긴 걸까. 아마 지금의 나였다면 아마 그 당시 법대로 하겠다고 하면서 소위 배 째라는 식으로 버텼을지도 모른다. 그렇게 나갔다면 또 다른 방법을 찾을 수도 있었겠지만 나는 그때만 해도 순진했기에 억울함을 누르고 그냥 보름 동안 약국 문을 닫기로 했다.

하지만 멀쩡한 약국의 문을 생짜로 닫고 나니 울화가 머리끝까지 치밀었다. 누군가의 음모와 의도에 의해 내가 이 지경에 처했다고 생각하니 도저히 받아들일 수 없었던 것이다. 녹음기까지 소지하고 일부러 내가 없는 시간을 골라 찾아가 비약사 판매를 시키고 그걸 들고 가서 일사천리로 약사회에 고발하고 보건소까지 올라가서 징계를 먹게 한 건 우발적 사건이 아니었다. 분명 음모였다. 하지만 더 분이 삭지 않는 건 결코 그 음모의 정체를 알지 못한다는 거였다. 주변 약국에서 그런 짓을 했으리라는 심증은 있으나 물증이 없었기 때문이다. 그러다보니 약사회장도 괘씸하고, 그동안 친하게 지냈던 모든 약사들이 다 적으로만 보였다.

마음의 아픔을 주체할 수 없어서 우리 가족은 기도원을 찾아갔다. 분주하던 삶을 접고 가족들과 함께 기도원에 머무르며 사흘간 금식기도를 하며 마음을 추슬렀다. 그러자 비로소 모든 사람을 용서해야겠다는 마음을 다질 수 있었다. 이왕 일이 이렇게 된 거 미국에 사시는 누님이 오라고 했으니 가족과 함께 여행이나 가야겠다는 생각이 들었다.

덕분에 우리 가족은 처음으로 미국에 가서 한 보름여 가까이 잘 쉬고 올 수 있었다. 비록 여행비용은 많이 들었지만 가족들과 함께 본의 아닌 휴식을 취한 것이었다. 물론 그 뒤 비약사 판매는 더 이상 하지 않게 되었다. 약사법 위반은 한 번으로 족했기 때문이다.

그렇게 한국에 돌아와 약국을 다시 열고 일상으로 돌아온 뒤 수년이 흘렀다. 어느 날 이웃 약국의 약사가 찾아왔다. 그는 대단히 미안한 표정으로 나에게 고백하는 거였다.

"김약사. 내가 용서를 구할 일이 있어요. 정말 큰 잘못을 옛날에 저질렀어요."

알고 보니 그 약사가 나를 고발하도록 일을 꾸민 사람이었다. 이제 약국을 접고 미국에 가서 살겠노라며 과거의 모든 잘못을 낱낱이 밝히고 용서를 구한 것이다. 자신의 약국 건물에 세 들어 사는 아줌마를 하나 구해서 녹음기를 주면서 이 모든 일을 꾸몄다고 했다. 그 약국은 같은 길가의 통로에 있는 약국으로 고객들이 자꾸 약품 가격을 가지고 문제를 일으켰다는 것이다. 내가 하는 약국에서는 약품 가격이 더 싸다는 말을 자꾸 들으니 나름 스트레스를 받았다. 그때 하남에서 뒤늦게 약국을 차린 후발주자인 나로서는 약을 좀 더 싸게 팔면서 대신에 한약을 조제하는 전략을 취했기 때문이다. 그 약사는 결국 견디다 못해 나를 한번 손봐야겠다고 결심한 뒤 그런 시나리오로 평소 친분이 있던 약사회장과 함께 음모를 꾸민 거였다.

물론 약사법을 어긴 나에게 잘못이 있었지만 감싸주고 서로 도와줘야 할 지역 약국들이 이렇게 서로 죽이겠다고 나서면 모두 다 불행해질 수밖에 없지 않은가. 역으로 내가 똑같은 방법을 취하면 백퍼센트 자신도 걸려들 것이면서 그런 행동을 한 거였다. 한 마디로 우물에 침 뱉은 격이었다.

하지만 이도 이미 오래 전 일이었다. 기도원에 들어가 마음을 추스렸고, 미국까지 다녀오면서 훌훌 털어버린 일이었다. 나는 이미 지난 일은 잊었노라고, 그리고 새로운 나라에 가서 잘 사시기 바란다고 그 약사에게 축복한 뒤 돌려보냈다.

평화로운 동네 풍경을 묘사할 때면 늘 작은 약국이 등장한다. 그 안에는 흰 가운을 입은 약사가 평화로운 얼굴로 환자의 이야기를 들어주고 적절한 약을 권해준다. 하지만 그건 정말 문학작품이나 영화에서나 나올 일인지도 모른다. 삶의 치열함에서 약국도 결코 자유로울 수 없기 때문이다.

약이란 무엇인가

약이라는 것은 대개 화학성분으로 알고 있는데 그 기원을 따진다면 약 2천 년 전으로 거슬러 올라간다. 우리가 알다시피 약의 종류는 한약과 양약이 있지만 기원은 한약, 즉 생약이다. 2천 년 전부터 중국의 한의사들이 약을 쓰기 시작했다. 산과 들에 있는 약초를 찾아내서 사람의 몸에 좋은 약효 성분만을 정제한 것이다.

약(藥)의 어원은 풀뿌리, 나무뿌리에서 나오는 천연생약을 뜻한다. 약이 그 뒤 발전이 되면서 서양에서는 성분을 하나씩하나씩 뽑아내 오늘날의 양약을 만들었다. 에페드린이라는 성분이 기침약으로 좋다면 생약에서 뽑기도 하지만 화학적으로 만들어내기도 하는 것이다.

하지만 근본적인 것은 어디까지나 자연에서 오는 성분이다. 이 약성분이라는 것은 몸에 들어가면 화학적 작용을 한다. 신체의 기능이 저하되면 기능을 올려주고 기능이 너무 항진되면 떨어뜨려주는 것이 약의 효능이다.

예를 들어 갑상선기능이 너무 항진되면 억제를 시켜줘야 한다. 그리하여 우리 몸은 항상성을 갖게 되는 것이다. 우리 몸은 항상 정상을 유지하려는 성향이 있는데 그게 파괴되면 병이 되는 것이다. 체온도 36.5도를 유지하려 애쓰는데 그것이 잘못되면 올리거나 떨어뜨려줘야 하는데 약을 써야 하는 이유가 바로 거기에 있다.

흔히들 약에 대해서는 잘못된 속설이 많이 있다. 가장 큰 속설은 약에 부작용이 많기 때문에 약사들은 정작 환자들에겐 주면서 자신들의 자녀들은 한약을 먹인다는 이야기다. 하지만 그것은 잘못된 것이다. 이 사실을 올바르게 이해하려면 일단 부작용(副作用)에 대해서 논의해 봐야 한다. 대부분은 부작용이 좋지 않은 것으로 알고 있지만 사실은 그렇지 않다. 치명적으로 나쁜 줄로 알고 있는데 사실 부작용은 작용에 따라오는 부수적인 작용을 부작용이라고 이야기한다.

모든 약에는 필연적으로 부작용이 있게 마련이다. 예를 들면 아스피린을 먹게 되면 열을 떨어뜨리는 효과를 얻는다. 하지만 이에 따라오는 부작용은 위에 부담을 주는 것이다. 이것은 아주 나쁜 부작용이지만 아스피린의 좋은 부작용은 혈전을 방지해주는 역할이다. 그래서 동시에 혈전 방지 약으로도 쓰게 되었다. 부작용의 대표적인 것으로 비아그라가 있다. 원래 이약은 심장 약이었다. 그리고 발기촉진은 그 다음 작용이었는데 그것이 부작용으로, 오히려 비아그라가 사람들에게 발기부전 치료약으로 쓰이게 된 것이다. 고산지대에 가는 사람들이 비아그라를 먹으면 심장활동이 활성화해서 고산병을 덜 앓는다는 것도 바로 그런 근본 원인에서 출발한다.

약사들이 환자들에게 약은 권하면서 자기 자녀들은 양약을 먹이지 않는다는 말은 낭설일 뿐이다. 다른 사람들은 어떤지 모르겠지만 나는 그렇지 않기 때문이다. 우리 아이들이 기침을 하면 기침약을 먹이고, 감기 걸리면 감기약을 먹인다. 물론 애매한 상태나 약이 없어도 넘어갈 수 있을 때라면 굳이 쓰지는 않는다. 하지만 몸 상태가 불편하다면 약을 씀으로써 빨리 회복하는 것이 좋다.

약을 쓰는 시점이 또한 중요하긴 하다. 약을 언제 먹어야 되느냐고 고객들이 물어볼 때 기준을 말해주기가 쉽지 않다. 사람마다 다르고 체질마다 다르기 때문이다. 그럴 때 나는 당신이 불편하고 힘들면 먹고 견딜 만하면 먹지 않는 것이 좋다고 말해준다. 본인이 괴롭고 힘들다면 약을 먹는 것이 낫기 때문이다. 의외로 복잡한 문제지만 기준은 간단하다.

주사와 약의 차이는 무엇이냐고 묻는 사람들도 있다. 결론부터 말하자면 결과는 똑같다. 약은 먹어서 소화기관에서 흡수하는 것이고, 주사는 혈관이나 근육 등 직접 살 속에 들어가서 약제를 흡수시켜 준다는 차이가 있다. 속도에 있어서 주사제가 빠르다는 것뿐이다. 먹는 약은 한 시간 이상 지나가야 효과가 있지만 주사를 맞으면 바로 오 분 내로 효과가 시작되기 때문이다. 그렇기에 무조건 주사부터 놔달라는 것은 잘못된 상식에서 비롯된 것이다.

또 다른 속설은 약국은 굉장히 돈을 많이 번다는 것이다. 후미진 동네에 있는, 사람 별로 드나들지 않는 약국도 돈을 엄청나게 많이 번다는 이야기가 떠돈다. 그것은 사실 현실적으로 불가능한 이야기다. 사람이 찾아오지 않으면 돈을 벌기 힘든 것은 명명백백하기 때문이다. 그런데도 약국이 돈을 잘 벌고 문을 닫지 않는다는 것은 내가 보지 않는 시간대에 사람들이 몰려온다는 뜻일 수도 있다.

옛날 의약분업이 되기 전에는 약국의 피크타임이 주로 오전 출퇴근 시간대와 오후 두세 시 경이었다. 그때는 애기 엄마들이 장을 보거나 외출했다가 약을 구해가는 것이다. 저녁 일곱 시 무렵에는 퇴근하면서 약을 사가는 사람들이 있다. 이런 때가 바로 약국에 사람들이 많이 오는 타임이다. 그 외 시간에는 약국이 아무도 오지 않아 한산할 수 있기 때문에 얼핏 보면 손님 없는 약국인데 돈을 잘 번다고 이야기 하는 것일 뿐이다. 사람이 오지 않는데 약국이 운영이 잘될 리 없다. 약국이야 말로 손님들이 몰릴 때 몰리는 대표적인 업종이다.

또 다른 속설은 머리가 좋아지는 약이 있다는 거다. 약으로 모든 걸 해결할 수 있다는 믿음 때문인지 몰라도 사람들은 가끔 나에게 머리 좋아지는 약이 있으면 자녀에게 먹이겠다고 달라고 한다. 그렇지만 결론적으로 얘기하자면 머리가 좋아지는 약은 없다.

다만 있다면 뇌의 활성화를 돕는 약은 있을 수 있다. 우리가 피곤하거나 어지럼증이 있을 때 뇌가 활성화하지 않는 것을 느낀다. 공부를 해도 능률이 오르지 않을 때가 있는데 그것은 뇌에 올라가는 산소와 혈액공급이 잘 되지 않기 때문이다. 뇌가 활성화할 때 판단력이 좋아지고 기억력이 좋아진다. 그렇기 때문에 뇌 혈액순환제라든가 빈혈약 같은 것들은 도움을 줄 수 있다. 성장기 아이들은 대개 어지럼증을 느끼고 빈혈기가 있다. 그 아이들은 생리적으로 빠르게 성장하기 때문에 그렇다. 검사해봐서 수치로는 정상이라고 해도 빈혈 약을 먹으면 두뇌활동이 좋아진다. 그런 것이 머리가 좋아진다고 잘못 와전되는 것이다. 근본적으로 머리가 좋아지는 약은 없다. 뇌 혈액순환을 활성화시켜주는 방법이 있다면 그 뇌가 활성화할 뿐이다.

물론 한방에서는 총명탕이라는 것이 있긴 하다. 하지만 그것도 역시 마찬가지 이론에 근거하고 있다. 뇌혈관 혈액순환을 도와주고 마음을 편안하게 해주는 약재들로 구성될 뿐이다. 혈액순환을 시켜주고 마음을 편안하게 해주니 아이들 학업성적이 올라가고 집중도가 높아져서 머리가 좋아졌다고 생각할 수도 있다.

그 다음에는 비타민에 대한 속설도 많다. 비타민을 먹어봐야 다 체외로 배출되기 때문에 소용이 없다든가, 음식에서 먹는 것만이 좋다는 이야기 등이 있는데 결론적으로 이야기하면 비타민제를 먹는 것이 나는 좋다고 생각한다. 우리가 하루에 필요로 하는 비타민의 양이 있는데 그 비타민을 음식으로 섭취하려고 하면 엄청나게 먹어야 하기 때문이다. 예를 들면 비타민C 같은 경우는 필요한 양을 섭취하려면 과일을 무척 많이 먹어야 한다. 음식으로 먹어야 한다면 잘 먹고 풍성하게 많이 먹어야만 비타민의 필요량을 충족시킬 수 있다는 의미다. 하지만 요즘 사람들은 바쁘기 때문에 5대

영양소를 갖춘 뒤 미네랄까지 섭취하는 것이 결코 쉽지 않다. 그렇기에 나는 비타민제를 권장한다.

다만 비타민 중에 A라든가 D,E,K 같은 것은 지용성 비타민이다. 이것은 다량으로 섭취하면 체내에 쌓이는 수가 있다. 그래서 그러한 비타민들은 다량섭취가 좋지 않다. 임산부가 예를 들어 비타민A를 과하게 먹게 되거나 하면 나쁜 영향을 미칠 수 있는 것이다.

비타민 c같은 것은 수용성이지만 많이 먹어야 되느냐는 논란이 있었다. 내가 옛날에 공부할 때는 1000mg짜리 하나를 먹으면 되는데 요즘은 6000mg까지 먹어야 된다는 논문이 발표되었다. 그러면 항암작용이 된다는 결론이었다.

비타민C의 경우는 많이 먹어도 소변으로 나가기 때문에 신체에 무리는 없다. 다만 위가 쓰리고 위산이 분비되게 하는 것은 비타민C의 또 다른 부작용이다. 요즘 비타민C는 그래서 캡슐 식으로 나온 것도 있다. 이렇게 항상 부작용들을 염려하는 대처방안은 있게 마련이다.

같이 먹으면 안 되는 음식은 없느냐는 이야기도 한다. 예를 들면 약과 약의 성분이 충돌하는 경우가 있기 때문이다. 약은 무엇이 됐던 같이 먹는 것은 좋지 않다. 혈압약이나 멀미약을 같이 먹으면 좋지 않은 것이 예가 된다. 성분 간에 간섭이 생기기 때문에 시차를 두고 먹는 것이 좋다. 아예 먹으면 되지 않는다는 약도 있고 체내에 두 가지가 같이 있으면 안 된다는 약도 있지만 오히려 같이 먹으면 좋은 약도 있다. 예를 들어 위장약에 제산제

20대 시절 풋풋한 필자의 모습

라든가 항생제와 소염제는 같이 먹는 것이 좋다. 그러나 항진균제와 콜레스테롤 약은 절대 같이 먹으면 되지 않는다.

차제에 섞어 먹으면 부작용이 발생하기 쉬운 약들과, 투약 중에 먹으면 위험한 음식들을 소개해보는 것도 정보 제공의 차원에서 나쁘지 않을 듯하다. 우리는 통계가 없어서 그렇지 미국 같은 나라는 사망 원인 가운데 4위가 약물 부작용이라고 한다. 약에 대한 주의는 아무리 기울여도 부족하지 않다.

일단 함께 섞어 먹으면 위험한 약들을 소개하겠다. 아스피린이 가장 일반적인데 함께 비타민C를 섭취하게 되면 위에 심각한 손상이 갈 수 있다.

둘 다 산성이기 때문이다. 소염 진통제를 아스피린과 함께 먹어도 마찬가지다. 그 다음에 진통제와 종합감기약을 같이 먹는 것도 권장하지 않는다. 간에 영향을 미치기 때문이다. 더불어서 관절염약과 수면제를 함께 먹으면 사망할 가능성도 있다.

그리고 음식물도 주의를 해야 하는데 앞서도 얘기한 자몽과 항생제를 함께 먹으면 생명이 위험할 수 있다. 간에서 하는 약물해독 작용을 자몽이 방해하기 때문이다. 그리고 우리가 흔히 먹는 청국장은 고혈압이나 심장질환 약과 함께 먹지 않는 것이 좋다. 청국장에 비타민K가 많아서 혈액을 응고시키기 때문에 맑은 피를 필요로 하는 고혈압, 심장질환, 뇌졸중 같은 질병을 앓는 환자에게는 약물 효과를 무효화시킨다.

술은 모든 약과는 맞지 않는다. 이미 간에서 약을 해독하느라 무리하고 있는데 술이 들어감으로써 더 무리하게 되는 까닭이다. 특히 해열진통제나 소염진통제는 절대 술과 같이 먹으면 안 된다. 우유 역시 앞서 말했듯이 모든 약과 함께 먹지 않는 것이 좋다. 하지만 위장 장애를 일으키기 쉬운 항생제는 오히려 우유가 위의 부담을 덜어주는 효과가 있기도 하다.

약을 또 냉수에만 먹으라는 이유는 어떤 약 같은 경우 우유랑 같이 먹으면 안 되는 약도 있기 때문이다. 약의 성분과 우유의 칼슘 성분 같은 것의 화학적 결합이 일어나기 때문에 그렇다. 커피 같은 경우도 카페인이 들어 있고, 우유는 칼슘 성분이 들어 있어서 약의 효력을 방해한다. 우유는 항생제와 함께 먹으면 도움이 되지 않는다. 자몽 주스도 다른 약과 함께 먹으면 효력을 떨어뜨린다는 말이 있다.

하지만 이 모두 시차를 두고 먹으면 별 문제는 없다. 식후 30분에 먹는 경우는 대개 우리가 음식을 먹으면 30분에서 한 시간 사이에 소화가 되어 소장으로 내려가기 때문이다. 위에 머물러 있는 시간이 적을 때 약을 같이 먹는 것이 좋다는 의미다. 위에서 소화가 끝난 뒤 몸으로 들어갈 때 약을 먹어주면 위에 부담을 적게 주면서 체내에 흡수되는 것이다. 물론 약은 식전에 먹는 약도 있고, 당뇨약이라든가 위장약은 밥 먹기 전에 작용을 해야 하기 때문에 식전에 먹으라고 이야기한다. 당뇨약의 경우 혈당을 조정하기 위해 미리 준비를 시키는 역할도 있다. 위장약도 위를 미리 보호시켜야 하는 역할을 하기 때문이다.

사람들이 시간에 맞추어 정확하게 먹어야 되는 약도 있다. 예를 들어 오전 7시에 먹어야 되는 약도 있는 것이다. 시간을 정해 놓으면 되지만 사람들은 자주 잊어버린다. 그렇기 때문에 차라리 식사시간에 먹으라고 하면 밥은 꼬박꼬박 먹기 때문에 약을 제 시간에 먹는 효과가 있는 것이다.

한약의 경우도 여기에서 크게 벗어나지 않는다. 한약에서는 상용약이 있고, 독약이 있고, 극약이 있다. 극약이라는 것은 양은 적지만 작용은 확실하게 하는 약을 말한다. 독약은 완전히 먹으면 죽는 약인 것이다. 부자(附子)와 같은 약은 극약이다.

결론으로 말할 수 있는 것은 이 모든 지식을 일반인들이 다 알 수는 없다. 그렇다면 해결책은 아주 간단하다. 표어 '약은 약사에게 진료는 의사에게'가 말해주듯 약에 대한 궁금증은 전문가인 약사에게 물어보면 된다. 동네 어디에나 가까운 거리에서 약사들은 늘 상담에 응할 준비를 하고 있다. 그들이야말로 우리의 건강과 행복을 지켜줄 파수꾼이라고 생각한다면 치명적 실수인 약의 오, 남용을 막을 수 있다.

한약의 세계

　내가 중국과 미국 등에서 공부하면서 이것저것 연구하다 보니 가장 자신 있는 게 한약이 되었다. 나와 궁합이 잘 맞는다고나 할까. 우리 약국에 찾아오는 사람들과도 우선적으로 양약이냐, 한약이냐를 상담하게 된다. 나 같은 경우는 양약도 해주지만 주로 한약으로 상담을 한다. 한약은 의료보험이 적용되지 않는다. 그리고 단위매상이 크기 때문에 사람들은 돈을 많이 벌려고 한약을 처방하느냐 라고 생각을 하지만 사실 나의 생활철학은 사람을 진실로 대하는 것이기 때문에 그들의 몸 상태가 어떤지를 보고 거기에 맞게 이야기해주는 것이다. 어떤 사람이 약을 선택하는 것은 그 사람의 자유이지만 내가 봤을 때 정말 필요한 것은 진실된 입장에서 상담을 하는 것이다. 한약도 역시 부작용은 있기 때문에 종합적으로 판단해야 한다.

　예를 들어 생녹용 같은 것이 좋다고 생각하고 녹용피를 마시는 사람들도 있다. 농장에 가서 피를 내서 먹는데 그것은 굉장히 위험하다. 그걸 먹고

5,6일 만에 죽은 사람도 있다. 물론 피 자체가 나빠서는 아니지만 불결함에다가 그 안에 병원균이 있을 우려가 있기 때문이다. 피가 오염되어 있기 때문에 감염의 위험이 있는 것이다.

한약의 부작용은 사실 위장장애가 가장 많다. 임상적으로 내가 경험했을 때 다른 부작용은 별로 없지만 위장에 장애를 일으키는 경우가 흔하기 때문이다. 한약은 굉장히 농축이 되어 있는데, 물을 부어서 끓여 먹기 때문에 그럴 수밖에 없다. 그리고 두 번째로 많이 나오는 것이 설사다. 설사라는 게 원래 몸에 좋지 않은 것을 빨리 배출시키는 역할도 하지만 미처 소화하지 못한 것을 내보내는 기능도 있는 것이다. 소화불량성 설사를 유발하는 경우도 없지 않다. 그 다음에는 피부발진도 일어난다. 머리가 하얗게 변한 사람은 숙지황과 무를 같이 복용해서 그렇다거나 녹용을 먹고 또 바보가 되거나 지능이 떨어졌다는 사람도 있다. 그렇지만 그것은 다 속설일 뿐 근거가 전혀 없다.

한약을 먹고 살이 찐다는 말도 다 틀린 말이다. 한약 자체는 영양분이 거의 없기 때문이다. 한약 가운데 비장을 보해주는 보비약이라는 것이 있긴 하다. 비장의 역할은 식욕을 좋아지게 하는 것이다. 아이들이 밥을 먹게 하려면 비장을 보하는 약을 쓴다. 그러면 아이들은 입맛이 좋아져서 밥을 잘 먹는다. 비장에 대한 약을 쓰다 보니 애가 뚱뚱해져서 비만이 되었다는 속설이 자리를 잡는 것이다. 그것은 약으로 인해 온 것이 아니고, 아이가 스스로 밥을 먹다 식탐이 버릇으로 자리 잡아 뚱뚱해지는 결과를 놓고 이야기한 것이다.

과거에는 한약이 궁중에서나 양반들만 먹는 귀한 것이었다. 그러다보니 한약을 많이 먹으면 바보가 된다는 속설을 퍼뜨려서 아무나 한약을 먹지 못하게 했다는 주장도 있다.

한약의 경우는 아주 찬 약재, 찬 약재, 보통, 그리고 따뜻한 약재, 아주 따뜻한 약재의 다섯 종류가 있다. 그래서 몸이 냉한 경우에는 따뜻한 약재를 먹어 몸을 덥혀야 한다. 내 몸이 더우면 반대로 차가운 약재를 먹어 식혀야 한다.

녹용 같은 경우는 따뜻한 약재이다. 아이들은 두세 살이나 서너 살까지는 체온이 높다. 열이 많기 때문이다. 그런 아이들에게 녹용 같은 따뜻한 약을 먹이게 되면 열이 더욱 상승한다. 그렇기에 나이에 따른 적정 양이 있다. 세 살이면 세 첩을 먹여야 되는데 부모가 욕심을 부려 열 첩씩 먹이게 되면 뇌 활성화가 너무 많이 일어나 머리가 나빠진다거나 부작용이 생길 수 있는 것이다. 그렇기에 한약에 대한 속설이 근거가 아주 없다고는 할 수 없지만 용량을 맞추어서 제대로만 먹인다면 아무 문제가 없다.

소아마비를 앓은 지체장애인의 경우 상열하한(上熱下澣)증이라고 위에는 뜨겁고 아래는 차가운데 동의보감에도 있는 증세이다. 상실하허라고도 말할 수 있다. 그래서 나는 그 처방을 옛날부터 유심히 보았는데 대표적인 처방은 어떻게든 만들어낼 수 있지만 그렇게 되면 너무 복잡해진다.

이처럼 약사인 내가 한약을 다룰 수 있게 된 데에는 당시의 사회적 맥락이 있으니 과거의 한약분쟁이 그것이다. 1983년 군사정권 시절에 약사법을 고쳐서 한약업사의 배출이 중단되었다. 세상의 흐름을 미리 읽은 약사들은 한약도 약으로서의 기능이 있음에 착안한다. 그러면서 나처럼 관심을 가지고 공부를 하여 한약을 조제하기 시작했다. 이런 일련의 움직임이 한약 분쟁의 도화선이 되었던 것이다.

당시 약사들의 논리는 이러했다. 약사들도 수십 년간 합법적으로 한약을 조제해 왔을 뿐더러 91년의 헌법재판소의 판결에 따라 약사가 한약을 조제하는 것이 정당하다는 것이 가장 큰 근거였다. 무엇보다 한약도 약이기에 약사들이 다루지 못할 이유가 없다는 거였다. 더구나 약사는 질 좋은 한약을 저렴하게 국민들에게 공급함으로써 한약의 과학화에 기여할 수 있었다. 게다가 약대에서는 약물의 성분, 작용, 제조 및 조제, 실험 등 모든 과정에서 개개의 약들을 어떤 경우에 어떤 방법으로 쓴다는 교육이 이뤄지고 있으며 양약과 한약의 구분이 없다고 교육시킨다는 거였다. 오히려 한의대에서는 본초학과 방제학만을 가르칠 뿐이니, 약사들이 더 전문적이라고 주장했다.

그로 인해 분쟁이 일어나서 1999년과 2000년 한약사시험 실시를 앞두고 '한약관련과목의 범위 및 인정기준'을 놓고 약대가 반발해 574명이 유급되기까지 했다.

그 결과 문제는 이렇게 해결되었다. 약사의 한약조제는 금지하되 기득권을 인정하여 1년 이상 한약조제 사실이 확인된 약사에 한하여 한시적으로 한약조제를 인정하기로 했다. 그 결과 2년 내에 한약조제시험을 실시하여 합격자만 한약조제가 가능하도록 했다.

결론적으로 말하자면 약사들은 앞으로 한약을 취급하지 말고, 대신 기존의 약국은 시험을 봐서 통과하면 한약을 취급할 수 있게 해주겠다는 것이다. 그 파동의 대안으로 만들어진 게 한약학과다. 제천의 세명대 같은 곳에 한약학과가 생겨났고 약학과는 양약만을 취급하게 되었다.

그때 한약파동의 부산물로 결국 약사들은 시험을 준비해야만 했었다. 기존의 약사들은 다 시험을 보고 단 한 번의 시험에 통과해야 하며 떨어지면 그것으로 끝이었다. 그때 약사들은 살벌하게 공부를 했었다. 떨어지면 한약 조제를 못하게 되니 목숨 걸고 시험을 보았던 것이다. 절체절명의 마음을 갖고 시험을 봐서 결과적으로 90% 이상이 합격을 했다. 그런 약사들은 지금도 한약을 조제할 수 있게 된 것이다. 그리하여 한약은 한약사도 지을 수 있고, 한의사도 지을 수 있고, 그때 시험을 봐서 합격한 약사도 지을 수 있게 되어 있는 구도가 자리를 잡았다.

5

아픔이 축복되리니

단점을 장점으로

나는 초등학교 다닐 때 주로 누군가에게 업혀 다녔다. 그때는 잘 몰랐지만 업혀 다닐 때 왜 이렇게 큰 애를 업고 다니냐는 말을 주위로부터 자주들었다. 때로는 인물이 좋다는 말도 들었다. 목발을 짚고 다닐 때면 지나가는 사람들이 툭툭 한 마디씩 던지기도 했다.

"쯧쯧, 인상은 좋고 얼굴이 잘 생겼는데 인물이 아깝다."

그런 소리를 들을 당시 사춘기였던 나는 화가 무척 났다. 내가 뭘 잘못했기에 저 사람들에게 이런 이야기를 들어야만 하나 싶었다. 화가 쌓여서 그 사람들에게 침을 뱉은 적도 있었다. 지금은 상상도 할 수 없는 일이었지만 사춘기였던 그때는 기분이 나빴고 겁날 게 없었기 때문이다. 이제 와서 생각하면 오히려 그런 말을 들었을 때 '어머니 고맙습니다.'이렇게 좋게 얘기하거나 '감사합니다'라고 했어야 했는데 어린 마음에는 나를 두고 던지는 말들이 일체 듣기 싫었다. 오죽하면 침을 뱉었겠는가.

게다가 어디 사람 많은 곳이나 식당엘 가면 또 나를 얻어먹으러 온 거지나 동정하러 온 사람이 아닌가 하는 눈초리로 보는 사람도 있었다. 그럴 때 다시금 나는 장애인임을 스스로 확인하게 된다. 그래서 누님들은 나에게 어디 갈 때면 깔끔하게 정장을 입어야 한다고 늘 강조하곤 했다. 그렇게 해야 사람들이 깔보지 않는다는 거였다.

그런 이야기를 들으며 자랐지만 본격적으로 장애를 심각하게 체험한 것은 입학시험을 볼 때였다. 장애인인 나의 현실을 받아들일 수밖에 없는 게 그 무렵이었다. 인생의 중요한 고비마다 장애는 항상 발목을 잡기 때문이다. 원하는 대학을 가지도 못하고, 대학을 가서도 축제를 할 때면 남들은 쌍쌍파티로 애인을 데리고 온다지만 나는 소외감을 느껴야만 했다. 미팅이나 소개팅을 할 수 없었기 때문이다. 그때는 참 우울했다. 장애를 가지고 살아야 되는 운명이 괴로웠던 것이다. 그 후에도 사회에 나와서 아내와 결혼을 할 때 처가에서 반대를 겪으면서 또 한 번 나는 내가 장애인임을 뼈저리게 깨달아야만 했다.

하지만 지금의 나는 장애가 전혀 문제가 되지 않는 사람이다. 물론 다소 불편한 점은 있다. 그게 장애이기에 인정해야 한다. 그러나 장애는 어디까지나 불행이 아니고 불편이다. 그렇게 보는 게 나는 맞는다고 생각한다.

골프대회를 열면서 보면 나는 회원들이 힘들지만 기쁘게 운동하는 모습을 보면서 동병상련을 느낀다. 자연스럽게 그들을 위해 내가 뭔가 도움이 되어주고 싶은 마음이 든다. 그러나 그건 그들이 불쌍하다거나 내가 특별

하게 거창한 목적을 가지고 있어서가 아니다. 장애는 내 인생의 걸림돌이 전혀 아니기 때문이다. 그저 그들을 향한 나의 우정인 것이다.

나는 장애를 이미 받아들여서 남들이 생각하는 만큼 그렇게 심하게 불편하거나 어렵지는 않다. 어쩌면 그건 편한 비장애의 상태를 한 번도 경험해 보지 못했기 때문일지도 모른다. 비장애인으로 한참 살다가 장애를 입으면 그렇게 느꼈을 것이다.

내가 장애를 개의치 않게 된 데에는 대학을 졸업한 뒤 선배 약국에 갔을 때 들은 좋은 말 덕분이다. 그 선배 약사는 목사가 되려는 사람이었는데 나를 보고는 마음에 와 닿는 말을 하나 해주었다. 그 말은 두고두고 내 인생의 중요한 지침 가운데 하나가 되었다.

"김약사는 단점을 장점화 해야 해."

그 이야기를 해주는데 내 가슴 속에 찡한 울림이 있었다. 나의 단점이라면 장애인데 오히려 이 장애를 장점으로 만들라는 거였다. 한 마디로 장애를 보는 패러다임을 바꾸라는 좋은 이야기였다.

하지만 당시에는 그 말뜻을 잘 이해하지 못했다. 지금 쉰이 넘어가는 나이가 되어 돌이켜보니 그 선배가 정말 좋은 이야기를 해 주었다는 생각이 든다. 예지력을 가지고 조언해준 게 아닌가 싶다. 그 말을 들은 뒤부터 장애가 내 인생의 장점이 되고, 나를 멋지고 강하게 만들 수 있다고 믿게 되었다. 그걸 계기로 내 인생을 승화시키고 발전시킬 수 있기 때문이다.

우리 아내와 나는 열심히 남들이 놀 때 일을 하며 아이들 셋을 키우고 약국에 최선을 다했다. 그렇게 열심히 살았기 때문에 오늘날은 누군가를 조금은 도와줄 수 있고, 배려할 수 있게 되었다. 아내는 비장애인이다. 그런 그녀가 나를 선택할 때는 특단의 각오가 없으면 모든 일이 불가능하다. 그녀는 내가 건강을 유지할 수 있게 최선을 다해 배려한다.

장애인 골프협회를 8년 가까이 이끌어 온 것은 나의 독자적인 노력이기도 하지만 사실은 아내의 양해가 있었기에 가능한 일이다. 그것은 결코 쉬운 일은 아니기 때문이다. 사비를 들여서 단체를 이끌어 나간다는 것은 어찌 보면 희생을 강요당하는 일이다. 나는 좋아서 하는 일이고, 기쁜 마음으로 하지만 그 돈은 아내와 내가 남들 놀 때 열심히 일해서 번 돈이기 때문이다. 그 돈에 연연하지 않고 묵묵히 단체를 이끌어 온 나를 아내는 항상 대단하다고 칭찬한다. 16개 지부를 일체의 외부지원 없이 이끈다는 것은 결코 만만한 일이 아니기 때문이다. 그런데도 아내는 나를 사회활동 하도록 늘 부추기고, 늘 격려한다. 뿐만 아니라 보람이 있어 좋다고 한다. 남에게 도움을 받는 게 아니라 도와줄 수 있으니 얼마나 감사하냐는 거다.

우리 사회가 다양한 곳에 예산을 집행하지만 장애인을 위한 이러한 운동과 체육 모임에 지원이 크게 없다는 것은 참 안타까운 일이다. 체육지원 행정이 아직도 미진한 부분이 많기 때문이다. 체육계가 엄청난 예산을 갖지만 사회 곳곳에 고르게 배분되지 못하고 있다. 골프의 경우 올림픽 정식종목이 아니라는 이유만으로 지원이 없다. 정부 측의 입장에서 지원 나가는 종목은 올림픽이나 아시안게임 종목 위주가 된다. 그 종목에 한해서는 사무실 운영비를 포함해 여러 가지 지원이 있다. 그 외에는 인정단체라고 하여 정부의 지원과 관심이 거의 없다. 행사를 열 때도 '대한장애인체육회장배'이렇게 이름을 걸 때만 지원이 나온다. 그렇다고 지원금이 많냐 하면 그렇지도 않다. 미미한 금액을 주면서 오만 생색은 다 내고 있는 것이 현재 장애인 스포츠 지원의 실상이라고 할 수 있다. 그렇기에 내가 아무리 좋은 운동을 한다 해도 아내가 반대한다면 어려운 일이다.

하지만 고맙게도 아내는 반대한 적이 없다. 오히려 나를 부추기고 후원을 많이 해주었다. 내 뜻을 많이 따라주어서 늘 고맙게 생각하고 있다. 아내가 장애인에 대한 측은지심을 늘 가지고 있는 여자이기에 이 모든 게 가능한 일이리라. 아내와 나는 장애인들이 애써 노력하는 모습을 보면 감동을 많이 받는다. 그들이 기쁜 마음으로 운동을 하고, 땀을 닦는 것을 보면 나의 약간의 희생은 전혀 아깝지 않다. 오히려 이 사회에서 수없이 많은 재산과 명예를 가진 사람들이 좋은 일에 그걸 쓰지 않고 잔뜩 끌어안고 살다가 불명예스럽게 물러나거나 사라지는 것을 보면서 너무 불쌍하고 안타깝다는 생각을 한다. 의외로 그런 사람들이 많아서 정말 아쉽다. 그들이 자신들이 끌어 모은 재산의 백분의 일, 천분의 일만 이 땅의 소외된 자들을 위해서 쓴다고 해도 이 세상은 살기 좋은 더불어 사는 세상이 될 것인데…….

아내의 경우는 차를 타고 어디에 함께 갈 때는 장애인이 못 들어가게 주차장에 바리케이드를 쳐두면 그것을 치우고 당당하게 들어간다. 장애인이 편안한 세상이 좋은 세상이라는 신념 때문이다. 한번은 모 놀이공원을 갔는데 일반손님용 락커는 저 멀리 있고 vip 락커는 바로 가까운 곳에 자리를 잡고 있었다. 아내는 운영자들에게 당당하게 말했다. vip를 모시는 건 중요한 일이지만 지금 그들이 오지도 않았고, 단체손님도 없다면 락커를 장애인을 위해서 최단 거리에서 사용할 수 있도록 배려해야 하지 않느냐는 거였다. 몸 불편한 사람이 vip라는 생각을 아내는 가지고 있었다. 과거에 코메디언 이주일씨가 세금 많이 내는 사람이 vip라고 말했다는데 그런 참신한 생각이 이 세상의 고정관념의 틀을 깨는 것이라고 생각한다.

장애인에 대한 배려문제로 다툼을 이야기 하니 대학시절이 떠오른다. 그 무렵 나는 학교 정문을 지키는 수위 아저씨와 싸운 적이 있었다. 하숙집이 바로 학교의 정문에서 그다지 멀지 않았다. 그러나 문제는 정문에서부터 강의실까지의 거리가 멀다는 점이었다. 비장애인들도 한참 걸어가야 되는 거리인데 나의 경우는 시간이 없으면 간혹 택시를 타고 들어가야 했다. 그렇게 택시를 잡아타고 학교를 가려고 하면 수위가 어김없이 달려 나왔다.

"학생, 택시 타고 못 들어가!"

"아저씨, 왜 못 들어가요?"

"총장님이 아직 출근하지 않으셨어."

총장이 오기 전에는 택시를 들여보내지 못하게 되어 있다는 거였다. 물론 권위주의가 판치던 시절의 이야기다. 집이 교문 앞인데도 택시를 탄 이유가 장애인이고 강의실이 멀어도 그렇다고 설명해도 수위는 막무가내였다. 총장님이 아무도 없는 교내의 길을 쭉 시원하게 진입해야 한다고 했다.

학교의 주인이 학생이 아니라 총장인 시절이었다. 어처구니가 없는 일이었지만 과거에는 정말 그러한 차별과 편견들이 일상적이었다.

요즘은 장애인 주차공간이 공공시설에 잘 마련되어 있고, 경사로나 엘리베이터 같은 편의시설이 구비된 것만 보아도 정말 좋아진 것이고, 세상이 변화, 발전하고 있다는 것을 느낀다. 장애인들의 단점이 장점으로 승화할 기회가 점점 많아지고 있다는 생각에 나도 더욱 노력해야겠다는 각오를 다진다.

거북이회

동병상련이라는 말이 있다. 같은 병을 앓는 사람들은 서로 불쌍히 여긴
다는 의미다.

장애인들끼리 모이면 그런 마음이 많이 든다. 누군가 목발을 짚고 걷는
모습을 보거나, 휠체어 바퀴를 굴리려 애쓰는 것을 보면 정말 힘들겠다는
생각을 서로서로 해주는 것이다.

나에게는 그런 동병상련의 마음을 가진 친목단체가 하나 있었다. 그 이
름은 거북이회. 거북이회는 내가 처음으로 자동차에 핸드컨트롤을 달면서
인연을 맺은 사람들과 모여 만든 모임이었다.

1983년 나는 처음으로 자동차면허를 땄다. 그때는 현대 자동차에서 장
애인용 자동차가 한 종 시중에 나와 있었다. 공장에서 장애인용으로 조립
해 출고되는 자동차였다. 당시에는 장애인용 자동차가 흔치 않아서 일단
면허 없이 먼저 출고한 뒤, 그 차로 운전면허시험을 보러 가게 되어 있었
다. 당시 포니2가 그런 자동차였는데 거의 유일무이한 자동차였다. 그 차
를 가지고 학원에서 연습을 많이 한 뒤에 면허시험장에 가서 시험을 봐서

거북이회 회원들과 함께

운전면허를 따면 자동차를 운행할 수 있었다. 한동안 나의 이 첫 애마로 이동의 자유를 만끽했지만 자동차도 역시 오래 쓰면 바꿀 때가 되는 법이었다. 그때 그래서 바꾼 차가 소위 요즘 말하는 각그랜저였다. 하지만 이 차는 장애인용으로 출고되지 않는 차였다. 대개 당시 장애인용으로 출고되는 차는 소형차 위주였기 때문이다.

나는 일반 자동차를 샀으니 손으로 운전하는 장치인 핸드컨트롤은 자비로 달아야만 했다. 여기저기에 수소문한 결과 알게 된 것이 고용성이라는 기술자였다. 그는 자기 스스로 핸드콘트롤을 개발해서 보급하고 직접 시공도 하는 솜씨 좋은 장애인이었다.

그때 그가 작업하는 작업장으로 찾아가 자동차를 바꾸게 된 뒤 그와 소중한 인연을 맺게 되었다. 그렇게 그와 알고 지내게 되자 서로 처지가 비슷한 몇몇 장애인들과도 사귀게 되었다. 연배도 비슷한데다 앞서 말한 동병상련의 마음이 들자 우리 사이에서 모임을 만들자는 이야기가 돌게 되었다. 그때 모임을 결성하자는 멤버들 가운데는 절단장애와 소아마비를 앓은 지체장애인이 뒤섞여 있었다. 다들 결혼을 해서 가정을 꾸리고 있었는데 한 십여 쌍의 부부가 모일 수 있었다. 공통점은 남자가 장애인이고, 여자가 비장애인이라는 사실이었다. 모임의 이름을 거북이로 정한 건 거북이처럼 느리지만 나중에 반드시 승리하고 끊임없이 성실히 갈 길을 간다는 의미였다.

이 거북이회에 가입한 뒤 우리는 친목을 더욱 돈독히 했지만 그렇다고 우리 모임이 단순히 즐거움만을 위한 것은 아니었다. 장애인에 대한 여러 가지 불편함과 애로사항을 개선하고, 권익을 지키기 위해 힘을 합치자는 취지를 애초부터 암묵적으로 가지고 있었기 때문이다.

일례로 그 당시 김포공항에 갔을 때 국제선은 장애인 편의시설이 부족해 무척 불편했다. 공항관내 주차장에는 vip들만 들어가고, 장애인주차장은 저 뒤에 멀리 있었다. 차를 세워도 한참을 걸어서 공항으로 와야만 했던 것이다. 이런 모순은 반드시 개선해야 한다는 생각이 든 우리들은 김포공항공단에 민원을 넣었다. 아마 장애인편의시설을 위한 민원으로는 거의 우리나라 최초가 아닐까 싶다.

몇 번의 의견이 오고 간 뒤 결국 공항 측에서 vip 주차공간 쪽에 장애인 주차장을 만들게 되었다. 장애인 공간이 두 개 생기고 나서 우리 거북이회는 김포공항공단에 감사패를 전달함으로써 이 문제를 해결해준 데 대해 공식적으로 치하를 했다.

　거북이회가 이런 일에 앞장을 섰던 기억은 지금 돌이키면 80년대 후반의 일이었으니 굉장히 선진적인 것이었다. 그때 우리 회장이었던 김인호씨가 사업차 외국을 자주 다니다 보니 불편해서 그 점에 착안해 성사시켰던 것이다.

　그 뒤 우리는 일본 쪽과도 연결이 되었다. 그때 일본에서 휠체어 마라톤 대회를 하는데 후쿠오카 지역 내의 행사였다. 일본의 전국대회는 아니었지만 나가사키라든가 먼 곳에서도 그 대회에 참여하러 오는 장애인들이 있었다. 한국에서는 우리들이 대표가 되어 마라톤대회에 참가하였다. 일본 측은 현지의 가정들과 연계해 홈스테이를 하게 해주었다. 그때 거북이회가 묵었던 집의 주인들과 친교가 맺어지게 되었다. 이건 멤버 가운데 한 사람인 비올리스트 신종호 씨의 아내가 일본사람이기에 가능했다.

　대회가 끝나고 행사를 마무리한 뒤 우리는 그들을 한국으로 초청했다. 그래서 그들이 한국에 오게 되었고, 역으로 이번에는 우리 회원들이 홈스테이를 해주었다. 그렇게 한 십년 가까이 우리는 서로 교류를 하며 지냈다. 일본 쪽에서는 멤버 가운데 한 명 정도가 장애인이었고, 나머지는 다 비장애인 부부였다. 그쪽은 우리가 거북이회라니까 자신들의 이름은 토끼회라고 지었다. 그 뒤로 일본에서 손님들이 오면 우리들은 그들을 안내하고 구경시켜주면서 숙식을 해결하게 했다. 장애인들은 만날 남의 신세나 지고 나라의 도움이나 받아야 움직이는 것 같았지만 우리 거북이회는 자존 자립적인 친목단체였기에 누구의 신세도 지지 않고 이 모든 게 가능했다고 생각한다.

교류를 하면서 우리들은 북과 장구를 배워 그곳에 가면 공연도 하곤 했다. 한 마디로 먹고 놀기만 하는 게 아니라 콘텐츠 있는 모임을 만든 것이다. 그래서 우리 가족도 모두 사물놀이를 배워서 그들 앞에서 공연을 했다. 한 마디로 민간외교관 역할을 했던 것이다. 아내는 장구, 나는 북, 막내딸도 북을 치는 식으로 공연을 준비했다. 비록 거북이회는 소규모의 작은 친목단체였지만 나름대로 장애인으로서 민간외교관 노릇을 해냈다고 자부한다.

지금은 시간이 흘러 거북이회가 흩어졌지만 만일 우리가 다시 모여 연락을 취하면 일본의 토끼회는 금방 재결성될 것이다. 건전한 장애인들의 가족적인 모임이었던 거북이회가 나에게는 아름다운 추억으로 가슴속에 자리 잡고 있다. 어찌 보면 이 거북이회가 우리나라 최초의 장애인의 자립적인 소규모 모임이 아니었을까 싶다.

친구에 대하여

　요즘 아이들은 친구들끼리 만나도 각자 자기 스마트폰이나 들여다보고 게임이나 하다가 헤어진다. 대화를 나누는 것도 아니고, 눈을 마주치지도 않는다. 한 공간에서 머물지만 각자의 세계를 경험하다가 그냥 헤어지면 그게 친구와 놀다 간 것이 되는 모양이다. 심지어는 아이스크림을 먹고 가면서 친구에게 주는 게 아니라 자기 돈으로 산 건 자기가 사먹고, 친구는 빈손으로 가는 식으로 쿨 하게 아이들이 변했다.

　나의 경우는 장애인이기 때문에 등하교가 혼자 힘으로 늘 불가능하다. 4학년 때부터 스스로 걸어 다녔지만 무거운 가방 드는 건 결코 쉬운 문제가 아니었다. 누군가가 들어줘야 해결이 되었다. 그러다보니 늘 남의 신세를 지는 입장이었다. 자전거 타는 친구가 있으면 그 뒤에 타서 학교에 가기도 하고 가방 들어주면 같이 걸어가기도 했다.

　그 가운데 가장 기억에 남는 친구들은 중학교 때 사귀었다. 초등학교 때 친구들도 나를 많이 도와주긴 했지만 졸업한 뒤로는 만나질 못하고 추억을 계속 이어가지 못했다. 그 아이들은 도와주기만 했지, 관계가 이어진 것이 아니었다. 그 가운데 이창원이라는 친구도 초등학교 때 친구였다. 집이 나와 가까웠는지는 알 수 없지만 그 친구는 나를 의무적으로 도와주었다. 6학년 올라가서 헤어지는 게 그렇게 아쉬울 정도로 친한 친구였다. 열심히 나를 위해 봉사를 해주었던 소중한 친구여서 잊을 수가 없다.

6학년 때는 관사에서 살았기 때문에 그다지 친구들의 도움을 많이 받을 일이 없었다. 학교 안에 집이 있는 거나 마찬가지였기 때문이다. 중학교 올라오면서 나를 많이 도와준 아이가 둘 정도 있었다. 1학년 때 많이 도와준 한철이와 2,3학년때 도와준 영구였다. 선생님은 항상 우리 반에서 가장 체력 좋고 힘쓸 만한 친구들을 나에게 붙여주셨다. 보디가드 겸 매니저인 셈이다. 걔네들이 학교 끝나면 나를 집에 데려다주고 같이 숙제도 했다. 나는 그 아이들이 부족한 부분의 공부를 가르쳐 주면서 서로가 아쉬운 부분을 채워주는 관계가 되었다. 상호보완이 된 거다.

그중의 한 아이가 바로 영구였다. 지금도 친구로서 소중한 우정을 나누고 있는 영구는 공부도 제법 하고 당시에는 나름대로 약간의 날라리 기질이 있었다. 멋도 좀 부리고 세련미를 아는 녀석이었다. 그래서 녀석의 별명은 뽀다구였다. 폼을 너무 잡는다는 의미였다. 나름대로 녀석은 여자 친구도 사귀고 있었고, 나와는 다른 차원의 삶을 살았다. 머리도 좋고 공부도 잘하기 때문에 녀석은 금오공고를 갔다. 우리 때는 금오공고가 전교에서 한 명 정도 전액장학금을 받고 가는 곳인데, 그 녀석은 폼을 좋아하는 녀석답게 그 학교를 간 거다. 그 학교 학생은 제복을 입고 군대식으로 관리한다는 이야기를 듣고 멋있어서 거기에 어린 마음에 지원을 한 거였는데 가자마자 후회를 하게 되었다. 군대생활을 5년 해야 된다는 점이 걸렸다. 졸업 후 다시 공부를 해서 녀석은 대학을 갔다. 만학도가 되어서 학교를 마친 뒤 구미에서 공장을 차려 회사를 만들었다. 한때는 잘 나갔지만 IMF때 사업이 어려워지자 중국으로 가 다시금 꾸준히 사업을 확장해 나가고 있는 친구다. 가끔 한국에 올 때는 나에게 연락을 하고 만나기도 한다. 나를 많이 도와주던 친구였기 때문에 지금까지 우정이 변치 않는 거다.

원주고등학교 때는 나를 돌보아준 아이가 영돈이라는 친구였다. 내 짝이었다. 고등학교 때도 크게 문제는 없었고, 함께 학원도 다니고 우정을 나누었다. 고교 동창들은 그때 나에게 참 다 잘해주었다. 공부 잘 하는 아이들이 한 반에 있었는데 아침부터 밤늦게까지 부대끼다보니까 우정을 더욱 깊게 나누게 된 거다. 우반인 아이들이 계속 1학년 때부터 3학년 때까지 같이 올라가니 끈끈한 우정을 나누게 되었다.

그때 부모님이 나를 학교에 데려다가 가방을 입구에 놔두면 우리 반 아이들은 먼저 보는 녀석이 임자였다. 내 가방을 들고 교실까지 가져다주는 것이다. 3학년 때 우리 반이 2층이었지만 입구에 놔둔 가방은 자동으로 우리 반으로 올라오게 되어 있었다. 그렇게 친구들은 나에게 수고를 해주었다. 우리 반 아이들이 모두 다 나는 고마울 수밖에 없었다. 그리하여 재경

음악감상과 노래부르기를 즐겨했던 생전의 모습

원주고 23회 모임에도 가고, 전체 재경 원주고 동문회에도 나는 적극 참여
한다. 그러한 친구들과의 우정을 확인하고 친구들과의 추억을 되새기는 것
은 그것이 사랑하는 동창들 모임이기 때문이다.

　그 뒤 대학에 진학한 뒤에는 친구가 누굴 도와준다기보다는 서로 각자도
생(各自圖生)을 해야 했다. 하지만 약대에는 장애인들이 제법 많아서 오십
명 가운데 열 명 이상이 장애인이었다. 그러다보니 처지가 비슷한 장애인
들까지 모여 있게 되었다. 그때는 머리가 깨어 있어서인지 장애인끼리 서
로 돕고 같이 하숙하기도 하고, 힘을 합치기도 했다. 그 가운데 속초의 명
섭이라는 친구는 밤새도록 나와 술을 마시기도 하며 이야기도 나누는 절친

이었다. 그들은 다 지금 약사가 되어서 각자 전국에 흩어져 생활을 하고 있다. 그 친구들과 나는 지금도 계속 만나며 우정을 나누고 소식을 전한다. 설악산에 놀러 가면서 그 지역에 있는 약사 친구에게 연락을 하면 콘도도 예약해주고 배려해주는 일이 다반사였다. 그렇게 해서 만나게 되면 밤새 옛날이야기를 나누기도 했다.

이런 과정을 거치면서 나는 장애인에게 친구는 미안함의 대상이라고 정의하고 싶다. 항상 도움을 받고 일방적으로 수고를 끼치기 때문이다. 그러다보니 친구들이 나에게 뭘 요구할 때 거절하기가 힘들다. 친구들이 나에게 수고해 준 것이 늘 생각나기 때문이다. 좀 못된 녀석 같은 경우에는 나를 도와주고 뭔가 반대급부를 요구해 당혹감을 주기도 한다.

하지만 대부분의 친구들은 아무런 대가 없이 나를 도와주고 나에게 희생해주고 배려해주었기 때문에 늘 미안한 감정을 갖게 된다. 미안한 존재인 동시에 친구는 장애인에게 필수적인 존재이다. 친구가 없으면 학교를 다닐 수도 없고, 친구가 없으면 어디 갈 수도 없고……. 그래서 나는 친구들을 최고의 재활도구라고 생각한다. 장애인의 친구가 되어 주기만 하면 함께 세상과 싸울 수도 있고, 함께 아픔과 영광을 나눌 수도 있기 때문이다.

내가 8년 동안 장애인 골프를 지원하는 이유도 나는 누군가에게 이처럼 빚을 지고 살았다는 생각 때문이다. 그러한 마음을 갚기 위해서 이렇게 헌신을 하는지도 모른다.

장애인들은 원컨 원치 않건, 어려서부터 주위 사람들에게 민폐를 많이 끼치며 살 수밖에 없는 삶이다. 가방을 들어주는 친구, 업어주는 친구, 이야기 들어주는 친구……. 이런 사람들의 신세를 계속 지다보니 대부분의 장애인들은 부채의식을 가지고 있다. 사회에 빚을 졌다는 생각을 늘 갖고 있는 것이다.

나 역시도 마찬가지다. 늘 빚을 졌다는 생각이 들기 때문에 약국을 하게 되면서부터 재활원을 하나 운영하고 싶다는 작은 희망도 갖게 되었다. 재활원을 만들어 장애인에게 도움 되는 일을 함으로써 그동안 받은 신세를 갚으며 사회에 기여하고 싶었다. 장애인을 위해 뭔가 빚을 진 사람으로서의 역할을 하고 싶은 것이다.

그래서 나는 부지까지 구매했다. 15년 전에 광주 퇴촌면에 오천 평 정도의 땅을 구매해 놓은 것이다. 그 정도의 땅이면 재활원을 하는데 부족함이 없을 거라 생각했다. 지금도 소유하고 있지만 당시에는 사실 이 땅을 막연한 생각으로 샀다. 준비가 제대로 되어 있지 않았던 것이다.

나중에 알고 보니 그 땅은 상수도 보호지역이어서 재활원 같은 시설을 짓기가 상당히 까다롭고 어려웠다. 당장 꿈을 실천하기에는 힘들고 어려운데 ,나중에라도 장애인 복지시설로 허가를 받을 수 있다면 그렇게 만들어서 나의 숙원이었던 장애인을 위한 재활원을 설립하는 일에 쓰고 싶다.

기회가 닿으면 사회복지학을 좀 더 공부해서 이론가로서, 혹은 전문가로서 장애인에 대해 좀 더 나은 서비스를 제공하고 싶다. 크지는 않더라도 복지재단 같은 것을 만들어서 노후에 동료 장애인들과 함께 늙어가고 싶은 심정이다.

지금은 퇴촌의 땅이 지인들과 함께 가끔 모임을 갖는 장소로 쓰고 있지만 먼 훗날 나의 큰 뜻과 웅지를 담을 곳이라 하겠다. 게다가 요즘은 세태가 장애인이 아니어도 실버라든가 노약자들을 위한 시설로 만들 수도 있다고 생각을 한다. 치매가 오는 사람도 많기에 요양병원이나 복지 쪽으로도 얼마든지 땅을 활용할 수 있을 거라는 희망을 갖고 있다. 복지 쪽으로 나의 마지막 인생을 꽃피우는 것이 나의 염원이며, 아내 역시도 그러한 나의 뜻에 동조해주고 있다.

아내는 늘 시기에 맞춰 우리 부부가 깨달음을 얻고, 삶을 알아가는 게 고맙다고 했다. 죽을 때 돈이나 권력 못 가져가는데 누군가에게 좋은 영향력을 주고 갈 수 있다면 얼마나 좋냐는 것이다. 작은 감동이라도 줄 수 있다면 더 이상 바랄 게 없고 목적을 가지고 살면서 좋은 일을 하면 그보다 더 기쁠 수 없다고 한다. 책에서 읽은 것도 아니고, 누군가에게 감화를 받은 것도 아닌데 아내는 이렇게 스스로 터득한 삶의 진리를 소중히 간직하는 여자다.

그런 아내와 살면서 나도 나의 처지와 분수를 담담히 헤아려본다. 앞으로 최대한 뛴다고 해도 약사로서 내가 활동할 수 있는 건 십년 남짓이기 때문에 십년 뒤에는 나의 꿈을 실현하기 위해 도전을 하고 나서야 한다고 생각을 한다. 그것이 아내의 말대로 주위에 작은 영향력을 행사하는 길이기 때문이다.

리더의 어려움

나는 오래도록 장애인 골프 협회를 이끌고 있다. 그러다보니 각종 대회라든가 행사도 준비해서 잘 치러야 할 부담이 크다. 별것 아닌 것 같아도 작은 행사 하나를 준비하려면 신경 써서 해야 할 일이 정말 많다. 행사에 참여하는 사람이야 그냥 시간만 내서 참여하고 운동을 하고 가면 되지만 그걸 준비하는 사람의 마음 씀씀이는 정말 피곤한 것일 때도 있다. 그래도 열심히 행사를 준비하고 행하는 이유는 오직 하나, 보람 때문이라고 할 수 있다. 보람 있는 일을 하는 건 인간만이 가진 지혜다. 그 일을 방해하는 것들을 하나씩 제거하는 게 바로 생활이기도 하다. 그런 생활이 되어야 삶에 알맹이가 있으니 우리는 매일 이를 위해 노력해야 한다고 어느 선인이 말했듯 나에게는 보람이 무척 중요한 덕목이다.

하지만 이런 행사를 수차례 하면서 내가 새롭게 발견한 것이 하나 있다. 그것은 장애인들의 묘한 마음 씀씀이다. 다른 말로 표현한다면 뭔가를 바라는 마음이라고 하면 비슷할지 모르겠다.

행사를 주최하면 대부분은 참가비가 있다. 회원으로서 회비를 내는 건 지극히 당연한 일이다. 그 회비도 결국은 모임이나 행사에 쓰이기 때문에 꼭 필요하다 할 것이다. 한 마디로 회비는 회원의 권리이자 의무인 셈이다. 그런데 이렇게 회비를 낸 우리 회원들 가운데 상당수는 자기가 참가비 낸 것 이상의 뭔가를 챙겨가고 싶어 한다. 예를 들어 2만원을 냈는데 기념품이나 그날 행사에서 먹고 쓴 것이 그 비용에 못 미치는 것 같다 싶으면 어김없이 뒤에서 말들이 많아지는 것이다.

그럴 때면 행사를 진행하는 내 입장에서는 무척 섭섭하다. 자신들은 돈 낸 만큼 가져가길 원해서 모자라네 남네, 하는 것이겠지만 행사를 진행하는 주최 측의 입장에서 보면 눈에 보이지 않는 다양한 부대비용이 쏠쏠히 들기 마련이다. 그런데 그런 건 전혀 생각하지 않는 것이다.

물론 장애인뿐만 아니고 사람이라면 누구나 이득을 보고 싶어 한다. 그건 어쩌면 본능인지도 모른다. 하지만 그런 모습이 장애인일 경우 더욱 안쓰럽게 느껴지는 것은 내가 장애인이어서 일까. 장애인일수록 더욱 더 너그럽고 좀 더 후덕한 모습을 보여줄 수는 없을까 하는 아쉬움이 늘 든다.

그뿐만 아니라 장애인들은 불만이 있으면 즉물적으로 비난을 하거나 지적을 잘 한다. 한번은 생활체육을 주관하는 생활체육협회 산하의 종합 체육대회 종목 가운데 파크골프가 들어 있었다. 파크골프만은 장애인들이 출전을 할 수 있게 되었다. 한 마디로 장애 비장애를 가리지 않고 통합된 대회가 열린 것이다. 장소는 대전이었다. 그때 나는 일정이 바쁘고 토요일이어서 약국을 지켜야 하기에 부득이하게 행사에 참여를 하지 못하게 되었다. 그랬더니 얼마 후 협회 홈페이지에 그걸 꼬집는 글이 떴다.

회장님 바쁘신 모양이군요.
우리 장애인 파크골프에 관심이 없으면 사퇴하세요

그렇게 열심히 내가 장애인 골프를 위해 부족하지만 나름대로 최선을 다해 노력했는데 대회에 한번 빠졌다고 그런 직설적인 악성 댓글이 올라오니 나는 정말 회의가 엄습하는 걸 느껴야만 했다. 돌이켜보면 웃고 말 일이라고 할 수도 있겠지만 서운한 감이 물씬 드는 것은 나도 인간이기에 어쩔 수가 없었다.

그래도 나는 이해하려 애쓴다. 내가 여러 번 당해서 그런 마음이 저절로 생겼는지는 모르겠지만 장애인들이 나만 생각하고 편협되기 때문에 그런 것이라고 생각한다. 나 중심으로 모든 걸 받아들이고 남을 배려하지 않기 때문인 것이다. 그런 마음이 장애인이어서 유독 더한 건 아닌가 하는 생각을 해본다. 아무래도 힘들게 살아서 그렇지 싶은 생각도 든다. 게다가 파크 골프 같은 운동은 비용도 들지 않고, 공도 하나, 골프채도 하나밖에 필요 없다. 골프는 그린피가 비싸지만 파크골프는 사용료 오천 원만 내면 하루 종일 즐길 수 있는 운동이다. 굉장히 대중적인 종목인데 그런 대중적인 스포츠를 소개하고 이 땅에 보급한 나인데 어쩌다 피치 못할 사정으로 참석 한번 못했다고 댓글을 올려 나를 비방하고는 몇 시간 뒤에 다시 지우는 어이없는 경우를 보았다.

사실 성경에서도 리더나 선지자를 위해 기도하라는 구절이 많다. 그건 내가 모임을 이끄는 사람이라 날 위해 기도해 달라는 의미가 아니라, 모든 행사를 앞서서 이끌고 리드하는 사람들은 수고하고 짐 진 자들이니 그들의 노고와 애환을 조금이라도 알아주라는 의미다. 사실 대회를 운영하거나 협회를 이끌면서 섭섭한 적이 정말 많았다. 파크골프를 장애인들에게 보급하고 외국 가서 배워 와 알린 사람은 나다. 이 운동이 장애인들이 할 수 있는 운동이기에 다 같이 어울려 더불어 할 수 있는 운동이라는 생각이 들었기 때문에 기쁜 마음으로 그렇게 했다. 그것만은 누구도 부인할 수 없는 나의 자부심이고 보람이다. 그래서 행사를 꾸미고 장애인들이 자주 모일 수 있도록 노력한 거다. 그런데 그런 마음은 몰라주고 일단 비난부터 하는 건 정말 섭섭하지 않을 수 없다.

행사를 할 때마다 느끼는 점 또 하나는 우리나라 사람들이 참 표현력이 부족하다는 점이다. 힘들게 행사를 진행했는데'수고했다'고 말하는 사람이 하나가 없을 정도다. 행사가 끝나면 자기 선물 챙겨서 휙 하니 가버리기 일쑤다. 스크린골프를 열어도 마찬가지다. 점수가 좋게 나오지 않으면 인사도 없이 골프채를 싸서 가버린다.

한번은 지방에서 대회를 하고 시상식이 끝났을 때였다. 이제 지방에서 서울까지 올라와야 되기에 돌아서는데 누구 하나 회장님 잘 가라고 말하는 사람이 없었다. 그런 말을 들으면서 내가 대우를 받고 싶은 건가 싶어 가슴에 손을 얹고 생각해보았다. 하지만 그것은 아니다. 나는 애초에 봉사하고자 하는 마음으로 이 일을 시작했다. 하등의 이익이나 명예를 바란 적이 없다.

그렇다면 회원들이 나에게 가벼운 인사 한 마디는 건넬 수 있지 않은가. 수고했다는 말 한 마디를 바라는 것조차 안 된다면 정말 인생이 팍팍한 것 아닐까. 많이 속상한 마음을 품고 시상식을 끝내고 돌아설 때의 그 심정은 아무도 알지 못할 것이다. 차에까지 따라와서 정중히 배웅을 못하더라도 인사 한 마디는 할 수 있었을 텐데.

물론 그 당시 비가 오고 분위기가 어수선해서 그럴 수 있다고 십분 이해는 해보지만 비장애인들의 대회를 생각해보면 아직도 장애인계는 기본적인 인사나 감사에 있어 좀 더 노력해야 될 부분이 많다. 감사할 줄 모르고 인사할 줄 모르는 점은 분명 우리가 개선하고 고쳐 나가야 할 면이다.

게다가 또 장애인들은 시간관념도 문제다. 처음에 우리는 게임을 할 때 몇 시에 티업을 한다고 이야기하면 장애인들은 오라고 해도 모여들지를 않는다. A조 오세요, B조 오세요, 목이 터져라 불러도 그들을 모아서 티업하기가 결코 쉽지가 않다. 그래서 그 뒤부터는 정시에 올라오지 않으면 퇴장시키는 방법으로 규정을 고쳤다. 몇 시에 티업이라고 약속을 하면 그대로 강행을 해버렸다.

그러자 사람들이 허둥지둥 약속을 지키며 조금씩 악습이 개선되는 걸 보았다. 물론 왜 조금 늦는 걸 가지고 그러냐든가, 여유가 없다든가 말을 하는 사람도 있다. 하지만 다른 사람들의 피해를 막기 위해서는 어쩔 수가 없다.

그런데 제주도협회 사무국장은 나를 만날 때마다 늘 인사한다. 회장님 덕분에 우리가 이렇게 재밌게 운동을 한다고 꼬박꼬박 치사를 빼놓지 않는다. 그 사람이 골프에 입문한 것도 나로 인해서 파크골프를 치다가 우연한 기회에 필드 골프를 하게 된 사람이다. 그는 대회가 있을 때마다 항상 나를 찾아와 고개 숙인다.

"회장님, 수고하셨습니다. 좋은 행사 감사합니다."

그뿐만이 아니다. 회장님 덕분에 골프를 잘 쳤다는 둥, 내 덕에 운동을 한다는 둥…… 만날 때마다 이렇게 이야기하면 나는 해준 것도 없지만 큰 보람을 느낀다. 제주도 장애인골프협회 배태원 사무국장이 바로 그 사람이다. 그의 인사를 받으면 어깨가 무거워지면서 앞으로 더욱 이런 일에 애써야 되겠다는 생각을 갖게 된다.

그렇다고 모든 장애인들이 문제가 있느냐 하면 그렇지도 않다. 내가 약대를 다닐 때 보면 엘리트 장애인들은 늘 공부를 잘했다. 장애인의 단점이 활동량이 떨어지는 것이지만 장애인들은 그러한 단점을 장점으로 활용을 했다. 틀어박혀서 공부를 열심히 했던 것이다. 장학금 받는 사람들 중에는 장애인들이 많았다. 그들은 도서관에 틀어박혀 공부를 하니 당연히 성적이 좋았고, 장학금을 받을 수밖에 없는 것이었다. 그렇게 따진다면 장애인이기에 인사성이 없다거나 장애인이기에 불성실하다는 것은 비논리적이다.

장애 여부를 떠나서 인간적으로 문제가 있는 것이다. 개인의 성향일 수도 있겠다는 생각이 든다. 그렇다면 노력해서 극복할 수 있는 문제라고 나는 생각한다.

가지 않은 길

　사람은 누구나 저마다의 특기 적성을 가지고 태어난다. 그 특기 적성을 잘 살려서 원하는 방향에서 직업을 구해 일을 하며 평생을 살 수 있다면 무척 행복할 것이다. 그렇지만 특기적성을 있는 그대로 살려 원하는 길을 가며 보람차게 사는 사람은 주위를 둘러보면 또한 별로 많지는 않다. 삶이라는 것이 수없이 많은 변수와 수없이 많은 불가피한 상황으로 인해 마치 흐르는 물이 돌과 바위 사이를 흘러 원치 않는 방향으로 흘러가는 것처럼 말이다.

　누구나 사람은 가지 않은 길이 있는 것 같다. 나 역시도 어렸을 때는 특기 적성이 약학이라기보다는 공학에 가까웠다. 그랬던 이유는 어려서부터 기계를 만지고 손재주 부리는 것이 좋았기 때문이다. 초등학교 5,6학년 시절부터 나는 전자제품 만드는 것에 관심을 많이 가졌다. 그 당시에는 라디오가 요즘처럼 흔하지는 않았다. 한 집에 라디오가 한 대 있는 경우가 많았고, 없는 경우도 있었다. 어쩌다 트랜지스터라디오를 하나 갖게 되면 모두가 부러워하고 선망을 했다.

그때 나는 최초로 광석 라디오를 직접 만들어보게 되었다. 안테나를 달고 광석을 저항이나 다이오드, 콘덴서 등과 연결해 납땜해서 붙이면 전파가 잡혀 소리가 나는 것이 너무 신기했다. 그래서 나는 광석라디오를 여러 개 만들었다. 그 당시 문방구나 전파상에서 부품을 사서 라디오를 조립하는 것이 늘 재미있었다.

사실 이런 전자제품을 만드는 것을 좋아하는 것은 내가 어려서부터 블록 쌓기 같은 것을 즐겼기 때문이다. 그런 것들을 만들고 조립하는 재능이 있다 보니 전자제품을 만드는 일에도 관심을 가진 거였다.

그렇게 광석라디오를 만들기 시작하면서 취미가 이어져 집에는 내가 만든 여러 물건들이 하나 가득했다. 그 뒤로 나의 기술은 계속 향상되어 집에 있는 가전제품이 망가지면 수리할 수 있는 경지까지 도달했다. 그 결과 지금도 집의 전자제품이나 기계가 고장 나면 내가 대개 고친다. 돌이켜 보면 내게 손재주가 있었던 것 같다. 그 후 중학교 올라가서는 목공예로 솜씨를 뽐내기도 했다. 톱이나 대패 드릴 등의 도구를 다 구비해서 작은 책상이나 가구는 직접 만들었다. 톱으로 썰고, 대패로 깎아서 아귀를 맞춰 뭔가를 만드는 일이 너무 즐겁고 기뻤다.

그렇다고 내가 방에만 처박혀 그런 작업에만 몰두한 건 아니었다. 여느 비장애 아이들처럼 정상적인 삶을 살았다. 만화방에 다니면서 텔레비전을 보기도 하고, 책 읽는 것도 좋아했다.

그 당시 내가 어렵지만 읽어내서 지금도 가슴 뿌듯하게 여기는 것이 단테의 〈신곡〉이었다. 종교적인 배경이 있어서인지 고등학교 때 별 생각 없이 이 작품을 붙잡고 읽기 시작했다. 계기는 큰누님이 권해주어서였는데 당시 고등학생이 읽어내기에는 내용이 무척 어려웠다.

다 합쳐 14223행으로 된 장대한 서사시가 바로 〈신곡〉이다. 그 구성은 대개 지옥, 연옥, 천국 의 3편인데 작가의 의도에 따라 각 편을 33장으로, 각 연을 3행으로 구성했다. 내용은 단테가 자신의 모습을 투영했을 시인 주인공이 성목요일 깊은 밤부터 성금요일 아침이 오기 전까지 지옥과 연옥, 그리고 천국을 여행하는 이야기다. 현실에서 볼 수 없는 상상의 세계를 여행하면서 신의 존재와 사랑의 소중함을 노래한 것인데, 고등학생의 입장에서 부족한 배경지식으로 이해하려니 쉽지 않았다.

하지만 전반적인 내용과 상황은 느낄 수 있어 그때부터 마음이 무거워졌다. 주인공이 지옥과 연옥을 넘나드는 것을 보면서 인간의 삶은 무엇이고 천국과 지옥은 어떤 곳인지를 고민하게 되었다. 그러다가 나는 대학을 가서 기독교에 더욱 심취하게 되었고, 영적인 부분에 관심을 갖는다. 청소년기에 강한 충격을 받은 단테의 〈신곡〉 때문이었다. 그 뒤에도 천국에 대한 확신이 없었지만 미국에 여행을 갔을 때 누님에게 자극을 받은 뒤 비로소 예수를 믿어야 천국을 간다는 사실을 확실하게 알게 되었다.

그 다음에 나에게 취미가 하나 있었으니 클래식 기타를 치는 것이었다.

알함브라(Alhambra)궁전을 어머니 앞에서 기타연주

그 당시 중학교 때면 매년 반대항 합창대회가 있었다. 그럴 때 우리 반은
내가 기타로 반주를 해주었다. 전교생 앞에서 나의 기타 반주에 맞춰 아이
들이 입을 맞춰 노래하는 걸 보는 건 흐뭇했다. 중3때는 전교생 앞에서 기
타로 로망스를 연주한 적도 있었다. 한 마디로 나의 자존감이 한껏 고양되
는 거다. 지금은 기타를 손에서 놓아서 과거의 실력이 나올진 모르지만 그
뒤로는 섹소폰과 오르간을 배워 연주하게 되었다. 이렇게 다양한 분야에서
나의 감성과 정서의 함양을 위해 다양한 호기심을 충족시키며 살았던 기억
이 난다.

돌이켜보면 취미생활은 돈과는 거리가 멀다. 그 대신 만족감이나 기쁨을 주는 행위라고 할 수 있다. 그럴 수밖에 없는 것이 모든 취미는 일단 내가 좋아하는 데에서 시작하기 때문이다. 싫은 일을 억지로 하는 건 직업이나 생계수단뿐이다. 취미를 그렇게 하는 사람은 하나도 없다. 그렇기에 취미는 지속성 있게 오래 할 수 있는 것 같다. 물론 취미는 간혹 나중에 직업이 되기도 한다. 직업이 된 뒤에까지 취미처럼 즐길 수 있다면 그건 금상첨화이리라.

　아무튼 나의 취미는 만들기와 예술적인 악기 연주라고 할 수 있는데 이런 유전자가 옮겨졌는지 큰 애는 미술을 좋아하고 막내는 악보 없이 피아노를 친다. 남들이 연주하는 것을 들어보고는 그대로 피아노를 쳐버리는 것을 보고 우리는 깜짝 놀라기까지 했다. 게다가 아내는 만능 스포츠맨이니 아이들이 우리 둘의 좋은 점들을 이어받아 활발하고 건강하게 살 수 있는 것이다. 이 정도라면 나의 길은 아름다운 오솔길이 아닐까 싶다.

장애청년 십계명

1. 꿈을 가져라

꿈이 없는 인생은 배로 친다면 나침반 없는 항해를 하는 것이나 마찬가지다. 우리의 인생을 출발지에서 목적지를 향해 달려가는 것이라고 친다면 분명히 가는 방향을 올바르게 잡아야 한다. 꿈이 바로 우리의 인생을 올바르게 잡아주는 나침반 역할을 한다. 꿈이 없는 자가 어찌 노력을 하며, 꿈이 부족한데 무엇 때문에 삶을 아름답게 가꿀 것인가.

장애가 있다고 꿈마저 접을 수는 없는 노릇이다. 자신의 처지를 받아들여 할 수 있는 모든 것들을 살피고, 자신이 가장 원하는 꿈을 결정해야만 한다. 그럼으로써 노력할 수 있는 빌미가 생기고, 그러한 노력이 쌓였을 때 장애는 더 이상 내 삶의 훼방꾼이 아니라 오히려 축복이라는 말을 할 수 있게 된다.

꿈은 장애와 아무 상관이 없다는 점 잊어서는 안 된다.

2. 장애인이라고 한탄하지 말라

비장애인들도 가만히 보면 자신의 처지를 남 탓으로 돌리는 사람들이 많다. 유산이 적어서, 좋은 대학을 못 나와서, 못 생겨서, 힘이 부쳐서, 운이 나빠서…….

이 세상 모든 일에 탓할 거리를 찾자면 한도 끝도 없다. 오죽하면 망우리 공동묘지에 있는 무덤에도 다 사연이 있다고 말했겠는가.

중요한 것은 사연이 있느냐 없느냐, 원인이 있느냐 없느냐가 아니다. 그러한 불리한 여건과 남 탓할 수 있는 환경에서도 탓하지 않고 자신의 삶을 헤쳐 나가려는 의지이다.

그러려면 장애를 최대한 이용하려는 마음가짐을 가져야 한다. 장애가 나의 특성이고 개성이 될 수 있게 해야 한다. 더 나아가서 나는 다른 장애인들의 대표자임을 잊어서는 안 된다. 내가 나를 장애인의 대표로 스스로 임명하자. 그렇게 임명한다면 매일의 삶이 즐겁고 자랑스러워질 수 있다. 대표가 어찌 함부로 살 수 있단 말인가. 프라이드가 넘치는 삶, 그것은 남에게 탓을 돌리고, 현실의 난관을 이겨내기보다 애써 부인하는 비겁한 루저의 태도가 아니다.

3. 게으른 자신에게 침을 뱉어라

대개 장애인들은 어려서부터 남들이 무엇인가를 도와주고 거들어주다 보니 나약해지는 경우가 많다. 조금만 힘들어도 도움을 청하고, 조금만 힘들어도 하다가 포기한다.

해보지도 않고 지레 포기하는 데서는 이룰 수 있는 것이 아무것도 없다. 장애인들끼리 무엇을 해보려고 하면 중도에 일이 흐지부지 되는 경우가 많다. 대개의 경우는 장애인들이 집요하게 원하는 바를 추구하지 않기 때문이다.

지금까지 장애인이라고 면피를 하며 살았다면 당장 그런 태도를 바꿔야 된다. 장애가 있어서 양해가 되고, 장애가 있어서 봐주는 것은 같은 장애인 입장에서도 자존심 상하는 일이다. 부지런하게 매일매일 노력하고 성실한 삶을 살아야 한다.

행여 지쳐서는 안 된다. 이 세상에 한두 번 해보고 이룰 수 있는 일은 아무것도 없기 때문이다.

4. 인사를 잘해라

장애인들은 흔히 주위 사람들에게 경계심을 드러내는 경우가 많다. 혹시 나를 해코지 하는 것은 아닐까, 저 사람이 처음 보는데 나에게 뭔가를 속이려는 것은 아닐까 하는 의심을 가질 수 있다. 또한 비장애인들이 장애인을 속이거나 이용해도 그것에 발 빠르게 대처할 수 없기 때문에 경계심이 지나쳐 인사성이 없다는 이야기도 많이 듣는다.

하지만 장애가 있어도 인사는 할 수 있다. 내가 먼저 인사한다고 자존심 상하는 것은 아니다. 밝게 인사를 하면 오히려 장애인에 대해 편견을 가졌던 사람들이 환하게 웃으며 다가올 수도 있다. 인사를 함으로써 친구 관계를 맺을 수도 있는 것이다.

인사를 한다는 의미는 좀 더 크게 확대해보면 남이 나에게 뭔가를 해줬을 때 보답을 하는 것일 수도 있다. 누군가가 날 도와주고 나에게 친절을 베풀면 꼭 감사의 표시를 해야 한다. 작은 선물을 할 수도 있고, 대가를 지불할 수도 있다.

그러한 관계와 감사의 표시를 통해 대인관계가 발전하고 그런 발전을 통해 나에게 새로운 기회가 열린다. 이 세상 모든 관계는 인간과 인간이 만들어내는 것이다. 대인관계와 좋은 네트워크가 있다면 못해낼 일이 없다. 인사를 통해서 좋은 인맥을 쌓도록 해야 한다.

5. 들이대라

가수 김홍국은 장난삼아 들이댄다고 이야기한다. 사실 큰 히트곡도 없고 이렇다 하게 재주가 있어 보이지도 않는 그이지만 지금까지 방송을 하고 국민들의 사랑을 받는 것은 정말 들이대는 마음으로 살았기 때문인 것 같다.

우리 장애인들은 들이대는 정신이 부족하다. 비장애인들에게 원하는 것들을 당당하게 얘기하고 들이댈 수 있을 때 기회가 열린다. 오죽하면 우스개로 세계 최고의 대학은 들이대라는 말을 했겠는가.

들이대 나온 사람은 아무도 이기지 못한다. 들이댐으로써 생각지도 않던 기회가 열리고 들이댐으로써 꿈꾸지 않던 새로운 세계가 펼쳐질 수도 있다. 오기를 가지고 안 될 때는 되게 하도록 하는 것이 우리 장애인들에게 필요하다. 비장애인들과의 경쟁에서 이기려면 강력한 들이대 정신으로 살아 나가야 한다.

6. 뜻대로 되지 않을 때 나보다 못한 사람을 생각하자

장애인들을 만나보면 그들의 장애유형은 천차만별이다. 아주 심한 장애인이 있다고 하지만 그보다 더 심한 장애인도 반드시 있게 마련이다. 물론 지체장애의 경우 다리만 가볍게 저는 사람도 있다. 그런 사람들에 비하면

브레이스를 하고 목발을 짚는 나는 정말 중증 장애인에 속한다.

하지만 보행이 안 되어서 휠체어를 타거나 전동휠체어를 타는 사람이 나를 보면 또 얼마나 부럽겠는가.

이렇게 우리는 자신의 처지를 나보다 나은 사람을 바라보면서 살면 안 된다. 그렇게 되면 이 세상 사는 재미가 없어진다. 힘들고 어렵고 좌절될 때는 나보다 못한 사람을 살펴보아야 한다. 그들이 볼 때 내가 걷는 한걸음은 모든 걸 다 바쳐도 이룰 수 없는 것이다. 그렇다면 목발 짚고 브레이스를 찬 나의 한 걸음 한 걸음은 돈 주고 살 수 없는 고귀한 걸음이 아니겠는가.

나보다 못한 사람들을 처다볼 때 겸손함을 배우게 되고 나의 삶에 감사를 가지게 된다. 희망을 가져야 한다. 나의 형편은 생각보다 괜찮을 수도 있기 때문이다.

7. 끊임없이 새로운 지식을 습득해라

장애인들이 이 사회에서 적응이 되지 않고 살아내기 힘든 이유 중 하나는 교육을 받지 못하기 때문이다. 이동권에 문제가 있으니 학교를 다니거나 학원을 다니는 일이 결코 만만치 않다. 그렇다 보니 첨단지식과 정보에서 처지게 되고, 그렇게 됨으로써 기회를 잡거나 취업을 하는 것이 어려워진다. 장애인은 무식하고 장애인은 배우지 못하고 배울 수 없다는 인식이 굳어진 것 같다.

이럴 때일수록 우리 청년 장애인들은 떨치고 일어나야 한다. 교육은 꼭 학교에서 정식교과과정으로만 배우는 것은 아니다. 학원을 다닐 수도 있고, 통신을 통해서도 배울 수 있다. 게다가 요즘은 인터넷을 통한 강의도 많지 않은가. 조금만 의지가 있으면 디지털대학을 졸업할 수도 있다. 이처럼 다양한 교육기회를 몰라서 놓치는 일은 없어야 한다.

장애가 있을수록 남들보다 더 많은 지식과 더 풍부한 학식으로 도전해야 한다. 비장애인들도 기술을 습득하기 위해서 엄청난 노력을 하고 있다. 그들보다 불리한 장애인들이 노력하지 않는다면 미래는 없다. 독서를 통해서 인터넷을 통해서 혹은 주위의 친구들을 통해서 지식과 정보에 목말라해야 한다. 신문도 읽고, 방송과 잡지를 통해서 공부도 해야 한다. 아는 것이 힘이라는 사실 잊으면 안 된다.

8. 명랑한 성격을 가져라

인도의 성녀인 테레사 수녀는 자신의 사랑의 선교회에 수녀들을 뽑을 때 다른 조건은 하나도 보지 않는다고 했다. 오로지 조건은 명랑한 수녀를 뽑는다는 거 하나였다. 성격이 명랑한 수녀들이어야만 매일 사람이 죽어나가는 사랑의 선교회에서 시체들을 봐도 우울증을 앓지 않는다고 했다. 우울한 성격을 가진 사람들은 결국 사람들이 죽어나가는 것을 보면서 그들에게 동화되어 문제가 생길 수 있기 때문이다.

장애는 정말 우울한 일이다. 괴롭다. 나아지지 않고 오히려 악화만 된다.

하지만 그것을 받아들이고 우리가 해야 할 일은 명랑하게 웃는 것이다. 주어진 것에 한탄할 것이 아니라, 밝은 성격과 낙천적인 마음으로 미래를 바라보고 주변을 바라봐야 한다. 내가 볼 때 내성적인 성격을 가진 사람들과 대화를 나눠보면 그들은 자신의 성격을 좋다고 하는 사람이 별로 없다. 내성적이어서 자신에게 오는 수많은 기회를 놓쳤다든가 내성적이어서 불리한 일을 경험했다는 말을 듣는다.

그렇다면 쾌활하고 명랑한 성격이 갖는 장점은 생각보다 많은 것이다. 장애는 나의 성격을 규정할 수 없다. 하늘을 보고 환하게 웃고 환하고 명랑한 삶을 통해서 주위 사람들에게도 기쁨을 주고 그럼으로써 나의 삶도 행복한 것으로 만들어야 한다.

9. 내가 제일 귀하다.

우리 아버님은 요즘에 병원에서 청소라든가 구급차 운전 등 온갖 험한 일을 닥치는 대로 하셨다. 교장 출신이신 아버지가 그런 일을 한 것은 사람이 천해서가 아니다. 자신이 하는 일을 귀하게 여기셨기 때문이다. 편안하게 쉬면서 얼마든지 즐겁게 살 수 있는 분이었지만 그 일을 통해서 늘 행복을 찾으셨다. 그리고 화장실을 청소하더라도 즐거운 마음으로 하셨다. 그 이유는 내가 하는 일은 귀한 일이라는 생각이다.

내가 하는 일은 무척 소중한 일이다. 그것이 비록 쓰레기를 줍거나 화장실을 치우는 일이어도 소중한 내가 하기 때문에 그 일은 보람찬 일이 된다.

내가 세상에서 제일 귀하다는 마음을 갖지 못하면 세상을 살 이유가 없다. 부처님도 태어나면서 천상천하유아독존(天上天下唯我獨尊)이라고 하셨다. 우리 장애인들 가운데 장애가 있다고 내가 귀하지 않다고 말할 수 있는 사람은 아무도 없다.

나는 세상에서 가장 귀한 사람이고 나의 인생은 한번뿐이다. 나는 나대로의 우주일 뿐이다. 나는 나대로 완전하고, 나대로 아름답고 나대로 완성되었다. 이러한 자부심을 가지며 살아야한다. 귀한 나이기 때문에 누구에게도 당당할 수 있으려면 자존감을 높이고 소중한 나를 잘 지켜야 한다.

10. 용모를 바꿔라

나는 항상 정장을 입는다. 양복에 넥타이를 매는데 그럼으로써 나의 자존감이 올라가고 깔끔한 용모로 사람들에게 호감을 준다. 그들도 좋은 느낌으로 나를 대한다.

장애인은 대개 못살고 가난하며 동정을 구한다는 편견이 이 세상에 퍼져 있다. 옷을 추레하게 입으면 비장애인의 경우 아무 문제가 없지만 장애인의 경우 영락없이 동정을 구하는 사람으로 본다.

장애 청년들에게 말한다. 멋은 부릴 수 있으면 최대한 부려라. 머리에 무스도 바르고 화려하고 예쁜 옷을 입어야 한다. 구두라든가 안경도 멋있는 것을 하나씩 준비할 필요가 있다. 나의 용모를 가꿈으로써 다른 장애인들을 대표하는 내가 그들에게 좋은 인상을 줄 수 있다. 멋지게 차려 입으면 나 자신의 기분도 상쾌해지고 주위 사람도 즐겁게 한다. 그러한 멋진 사람 앞에 멋진 일이 벌어지는 법이다.

장애는 나의 외모를 꾸미는데 아무런 지장이 되지 않는다. 오히려 장애인이어서 개성이 있고 톡톡 튈 수 있으며 남의 주목을 받을 수 있으니 이 어찌 멋지지 아니한가.

장애자녀를 둔 부모에게

내가 장애인으로서 남의 모범이 되고 부끄럽지 않은 삶을 살다보니 가끔 약국에 찾아오는 분들이나 모임에서 만나는 사람 가운데 자신의 속마음을 털어놓는 분들이 있다. 그 분들 가운데서 내 마음을 가장 아프게 하는 사람들은 장애인 자녀를 둔 부모들이다. 조용히 다가와서 자기 아이도 장애가 있다면서 나에게 동병상련의 눈빛을 보낸다.

그런 부모들을 보면 나는 문득문득 우리 부모님 생각이 난다. 우리 부모님은 나를 어떻게 키우셨을까. 지금은 다 돌아가시고 고인이 된 부모님들이 새롭게 그리워지곤 한다. 나를 키우신 부모님들의 삶의 태도와 내가 살면서 겪은 부모로서의 입장에서 장애자녀를 부모들에게 무한한 위로와 격려의 말을 해주고 싶다. 그래서 한번 장애부모들에게 나의 생각을 전할 기회를 마련하고 싶은 생각이 들었다. 이 지면은 바로 그런 부모들에게 두서없이 격려의 말을 해주고 싶은 자리로 활용하고 싶다.

1. 도전의 기회로 삼아라

먼저 역경을 도전의 기회로 삼아야 한다. 장애자녀를 가진 부모들은 와서 저 아이만 없었으면 나는 참 행복했을 거라든가, 저 아이 때문에 마음이 아프다는 이야기를 한다. 사람은 누구나 자신이 갖지 않은 것을 그리워하고 가진 것을 괴로워하는 경우가 있다. 특히 고통이나 아픔의 경우 훌훌 털어버리기만 하면 행복할 거라고 생각을 한다.

하지만 주위를 아무리 둘러보아도 역경 없이 사는 사람은 한 사람도 없다. 그렇게 따지고 보면 어차피 인생은 모두 역경인 것이다. 장애자녀 역시 특별히 내가 불행을 더 크게 가졌거나 전생에 죄를 지어서 장애인 부모가 된 것은 아니다. 다른 사람이 가지고 있는 수백 수만 가지의 역경 가운데 하나로 나는 장애 자녀를 가진 것이라고 생각을 해야 한다. 그저 역경 가운데 하나일 뿐이다.

오히려 장애를 가진 자녀가 있었기 때문에 평범이 얼마나 큰 행복인가를 깨닫게 해준다. 그것은 다시 말해 나의 삶이 행복한 것임을 알게 해주는 스승 역할을 우리 자녀가 한다고 생각해야 한다. 자녀의 아픔과 고통 속에서 비장애인들이 얼마나 행복한지를 깨닫게 해준다면 그것은 충분히 선생의 역할을 할 수 있다. 역경을 오히려 딛고 도전할 수 있는 기회로 삼아야 한다. 이 세상에 위대한 업적을 이룬 사람들은 다 큰 역경을 이겨낸 사람들이기 때문에 장애자녀를 가진 부모들에게 나는 꼭 말해주고 싶다. 장애 자녀가 있음으로써 더욱 열심히 살고 삶을 더욱 충실히 살 수 있는 기회라고 생각하라고.

2. 인생의 장기적인 목적을 설정하라

지적장애를 가진 아이들의 부모를 만나보면 가정의 평화가 깨진 경우를 많이 본다. 왜 안 그렇겠는가. 24시간 손을 봐줘야 하는 장애자녀를 돌보다 보면 부부간의 사이가 멀어지게 되고 결국은 이혼을 하는 경우도 많이 보았다. 장애아동의 뒷수발에 하루하루 살아내는 것도 힘들고 어렵기 때문이다.

하지만 그럴 때일수록 부부는 인생의 장기적인 목적과 비전을 공유해야 한다. 매일의 삶을 도전과제로 생각하고 큰 목적을 향해 나아가야 한다. 아이들을 돌보고 뒷수발을 하다보면 언제 이 일이 끝날까 막연해질 것이다. 그러나 인생에서 끝이 없는 일은 없다. 그렇다면 장기적인 목적과 비전을 가지고 살아야 한다. 그것이 무엇인지는 스스로 고민해서 얻어내야 하지만 하루하루를 보내면서 그 장기적인 목적과 꿈이 조금씩 가까워진다고 생각을 해야 한다.

변하지 않는 것 같아도 삶은 조금씩 꾸준히 변하고 있다. 그 변화를 불행한 쪽으로 방향을 잡을 것인지 긍정적인 쪽으로 방향을 잡을 것인지는 스스로 결정해야 한다. 내가 언젠가는 재활원을 지어서 장애인들과 함께 살겠다는 목적을 갖고 있기에 매일매일 아침에 눈을 뜨면 그 목적이 하루만큼 다가왔다는 생각을 하며 활기찬 삶을 시작하는 것을 참고하기 바란다. 장기적인 목적을 설정했을 때 매일의 고단한 삶은 곧 목적을 향해 다가가는 보람찬 걸음이 될 것이다.

3. 자신의 현재 가치를 발견하라

장애자녀를 두게 되면 왜 하필 나만 이러한 고통을 겪어야 되나 라는 생각을 할 수 있다. 그러나 생각을 바꿔보자. 역발상이 필요한 대목이다. 오히려 나정도 되니까 이런 아이를 길러서 맡아낸다는 생각을 해보자. 나이기 때문에 이러한 고통을 이겨낼 수 있고 버틸 수 있으며 포기하지 않고 여기까지 온 것이다. 그런 나에게 작은 보상을 해줘야 한다. 스스로 머리를 쓰다듬어 주면서 말해보자

너는 정말 잘하고 있어. 잘해왔어. 포기하지 마.

나의 고생과 노력은 아무도 모른다. 다시 말해 나의 가치도 알아주는 사람이 없다. 나까지도 나의 가치를 무시한다면 삶에 보람이 없다. 나 스스로 대견하게 여기고 스스로를 존귀하게 여겨줄 때 삶이 소중해진다. 이 사회가 떠안아야 될 부담인 장애아동들을 내가 끌어안고 키우고 있는 것은 이

사회를 도와주는 일이다. 사회가 져야 할 부담을 내가 지고 있고, 우리 아이를 사랑으로 보듬어주고 있으니 얼마나 위대한가. 이 세상 사람들은 가정에서 장애아를 돌보고 있는 부모와 형제들에게 늘 감사해야 한다. 그들이 있기에 우리 사회가 비용을 줄이고 발전해 나갈 수 있기 때문이다.

4. 역할모델을 가져라

내가 가는 이 길이 아무도 가지 않아 혼자 개척하는 것이라고 생각하면 무척 힘들고 막막하다. 그럴 때 주위를 살펴볼 필요가 있다. 주위를 찬찬히 살펴보면 분명히 잘 해내고 있는 사람이 있을 것이다. 장애아동을 잘 길러내거나 가정을 잘 지키고 있거나, 아이를 정상적으로 교육시키면서 희망을 잃지 않는 집이 있다. 그런 집이 있다면 그들과 친해져야 한다. 그리고 그들에게서 배워야 한다. 그 사람이 어떻게 생활하며 어떻게 시간 관리를 하고 어떤 비전으로 살아가는지를 보고 따라해야 한다. 그것을 우리는 역할모델이라고 한다. 사람들은 누구나 자기가 겪은 것을 이야기해 주고 싶어 한다. 자기가 느끼고 깨달은 것을 남에게 알려주고 싶어 한다. 기꺼이 그들에게 다가가 제자가 되면 된다.

성공적인 장애부모들을 만나면 한 수 배우는 자세가 필요하다. 그렇게 함으로써 시행착오를 줄일 수 있고 그렇게 함으로써 우리 아이에게 좀 더 나은 기회를 제공할 수 있기 때문이다. 무엇보다도 역할모델을 마음에 두게 되면 외롭지 않다. 힘들고 어려울 때 물어볼 수 있고 조언을 구할 수 있다는 것, 이것은 천군만마보다도 더욱 고맙고 감사한 일이기 때문이다.

5. 동일한 가치를 추구하는 집단에 소속하라

장애인들은 흔히 이 사회의 편견 속에서 성장하기 때문에 같은 장애인들을 만나거나 어울리는 것을 꺼리는 경우가 많다. 나 역시도 그러한 생각이 없지 않았다.

하지만 그것은 잘못된 것이다. 힘이 약한 장애인일수록 더욱 뭉쳐야 한다. 뭉치고 그들과 함께 정보를 공유하고 친목을 도모해야 한다. 그렇다면 요즘은 정말 좋은 시대이다. 인터넷을 활용할 수 있기 때문이다. 인터넷에 들어가 장애인을 검색하면 얼마든지 관련되는 동호회나 카페가 있다. 그것에 적극 가담하고 참여해야 한다. 궁금한 것이 있으면 물어보고 좋은 정보가 있으면 내 것으로 만들고 모임이나 각종 정부 시책이 있으면 참여해야 한다. 그 안에서 위로와 위안이 있으며 우정이 있기 때문이다.

우정은 이 세상 그 무엇보다도 힘이 세다. 나 혼자는 힘이 약하지만 여럿이 모이며 힘이 강해지는 것도 우정이 본드 역할을 해주기 때문이다. 함께 싸워줄 수도 있고, 함께 거들어줄 수도 있는 것이 장애인 부모들의 연합체이다. 지금이라도 당장 가까운 지역에 같은 장애유형을 가진 부모들과 힘을 합쳐야 한다. 그러면 그들과 함께 사는 세상은 조금 더 힘들지 않고 즐겁고 힘이 되기 때문이다.

문제가 생겼을 때 함께 문제를 해결해줄 수 있는 사람들도 그들이다. 장애부모들의 단결력은 이미 온 세상이 알고 있을 정도이다. 같은 아픔을 공유한 사람들이 힘을 합칠 때 얼마나 놀라운 기적을 이루어내는지를 직접 경험했으면 좋겠다.

6. 결코 포기하지 말라

이 세상일에 최선을 다해 도전하다보면 때로는 힘들고 지친다. 힘들고 지칠 때 인간을 유혹하는 것이 바로 포기의 유혹이다. 포기는 정말 달콤하다. 쉴 수 있기 때문이다. 그렇지만 포기로 인해서 얻을 수 있는 것은 아무것도 없다. 오죽하면 가다가 중지하면 아니 감만 못하니라 라는 속담이 있겠는가. 이 세상 모든 위대한 업적이나 승리는 포기하지 않는 자들의 것이었다. 인생의 보람과 만족, 후회 없음은 끝까지 최선을 다하는 것임을 잊어서는 안 된다. 해뜨기 직전인 새벽이 가장 어둡고 춥듯이 포기 유혹이 올 때가 이미 완성을 코앞에 두었을 때이다. 조금만 참고 견디면 결국 순식간에 환한 빛이 나를 감쌀 것이다. 포기하지 않고 사랑하는 자녀를 위해 끝까지 최선을 다하는 것, 그것이 인생이라고 나는 생각한다.

7. 최선의 것을 주어라

가끔 장애인 단체들에서 이야기를 들어보면 기부 물품이 들어오는데 쓸 수 없는 물건들을 주는 사람들이 있다고 한다. 자기들에게 필요 없는 것을 장애인이나 불우한 이웃들은 쓸 것이라고 생각하고 주는데 사실은 그렇지 않다. 남에게 뭔가를 줄때는 나도 쓸 수 있는 나에게도 아까운 물건을 주었을 때 그들도 감사히 받는 법이다. 기부문화의 잘못된 점 중의 하나이다.

그렇기에 나의 사랑하는 자녀에게도 나에게 필요 없는 것, 남는 것을 주는 것이 아니라 최선을 다한 소중한 것을 주어야 한다. 내가 가장 아끼는 것, 그것은 바로 시간이며 사랑이며 물질이다. 물론 장애 부모들은 대부분 그렇게 살고 있지만 더더욱 최선의 것을 주면서 우리 아이에게 결과도 최선의 것을 얻어내야 한다. 사랑에는 무한히 주는 마음이 기본임을 잊지 말아야 한다.

8. 최후의 안식처가 되어라

가족은 누구나 마지막으로 기댈 수 있는 언덕이다. 밖에서 상처 입고 돌아와도 가족의 품안에서 치유를 받고 가족의 품안에서 힐링이 된다. 특히 부모는 자녀들의 보호막이고 안식처여야 한다. 비록 우리 자녀들이 장애가 있어 상처 입고 남들보다 뒤처지며 이 사회의 모든 혜택에서 앞장서 나가지 못한다 하더라도 그 아이들이 겪는 아픔은 부모인 우리들이 달래주어야 한다. 그 어떤 어려움과 고달픔과 희생이 있어도 자식을 감싸고 지키며 보호하는 것이 부모의 역할이다. 그러라고 부모가 있는 것이다.

우리들을 돌이켜보자. 우리들도 여기까지 오고 성장하는 데에는 부모님의 아낌없는 후원과 지원이 있었기 때문이 아닌가. 최후의 안식처가 되어주는 것, 그것이 죽는 날까지 내가 자녀들에게 해주어야 할 일임을 잊어서는 안 된다.

9. 아버지가 매니저로 나서라

장애의 가족들을 보면 대개 엄마들이 백전불굴의 용사가 되어 싸운다. 아빠들이 어디 갔냐고 물으면 대개 돈 벌러 갔다든가 관심이 없다든가 간섭하지 않는 것만도 고맙다는 이야기를 듣는다.

그래선 안 된다. 요즘은 남자들도 슈퍼맨이 되어야 하는 때다. 비장애인들도 보면 직장에서 돌아와 고달픈 아내를 위해 청소도 해야 하고, 요리와 빨래도 해줘야 한다. 거부하지 않고 노고에 시달리는 아내를 도와야 되는 것이 모범적인 남편이다. 그러다보니 이제는 남편들이 안과 밖에서 슈퍼맨이 될 수밖에 없다.

엄마들이 고민하고 있는 문제들은 아빠들이 조금만 관심을 가지면 의외로 쉽게 해결할 수 있다. 왜냐하면 남자들은 사회에서 늘 대인관계를 통해 문제해결 능력을 키워 왔기 때문이다. 그러한 노하우를 집에 와서 닫아버리지 말고, 아내의 자녀교육과 가정관리에도 써먹어야 한다. 그럼으로써 아내의 노고를 덜어주고 장애를 가진 자녀에게 좀 더 많은 기회와 혜택을 주어야 하는 것은 아빠의 역할이다. 아빠도 적극 나서서 부부가 똘똘 뭉쳐 장애 자녀를 돌보는 것, 그것이 미래의 이상적인 장애인 가족의 모습이라고 나는 믿어 의심치 않는다.

10. 아이들의 멘토가 되라

사랑받지 못한 사람들이 이 세상에 너무 많이 양산되고 있다. 큰 흉악범이나 사건을 저지른 사람들의 이야기를 들어보면 대개 성장과정이 불우한 사람들이 많다. 물론 성장과정이 불우하다고 모두 다 흉악범이 되거나 나

뻔 사람이 되지는 않지만 그럴 확률이 커진다. 다시 말해 사랑받지 못하고 멘토에게서 도움 받지 못한 아이들이 성장했을 때 그들은 위험한 존재가 될 가능성이 높은 것이다. 그 이야기는 장애를 가진 아이들에게도 부모가 멘토가 되어줘야 한다는 의미이다. 자녀의 모든 것에 관심을 가지고 끊임없이 사랑과 애정으로 의지해야 한다. 그 아이들이 자신이 사랑받고 있으며 언제든지 문제가 생겼을 때는 쫓아가서 도움을 청할 수 있는 멘토가 있다고 생각하는 것만으로 그 아이들은 올바르게 자랄 수 있고 밝고 명랑한 웃음을 이 사회에 던져줄 수 있다. 멘토의 역할, 그것이 부모의 사명이라는 것을 잊어서는 안 된다.

11. 원칙을 정하고 끝까지 실천하라

원칙은 삶의 중심이다. 중심이 지켜지지 않는 삶은 흔들리게 되어 있고 흔들리다보면 망가진다. 부모가 바로 가정에서 원칙을 세워야 하는 사람이다. 부모가 원칙을 지키지 못하면 그 아이들은 흔들리는 사람이 된다. 그것은 자녀가 장애가 있건 없건 상관이 없다. 아이들이 보고 배우기 때문이다.

중심 없는 삶이 정말 위험하고 지키기 어려운 것이라는 걸 안다면 몇 가지 원칙을 세워 고집스러울 정도로 지켜야 한다. 부모가 원칙을 지키는 가운데 아이들의 훈육이 이루어지고 가정교육이 완성되는 것이다. 한번 원칙을 세우면 부부간에서도 서로 허물거나 그 권위를 흔들어서는 안 된다. 원칙이 있는 사회를 만드는 것은 원칙이 있는 가정에서 시작되기 때문이다. 장애인이라고 해서 원칙 없이 흔들리면 나중에 사회에 나가 강력한 원칙에 부딪혔을 때 헤쳐 나가지 못한다. 가정에서부터 교육을 받아야 하는 것이다.

13. 부부가 서로 존중하라

어릴 때 아버지 어머니가 싸웠던 기억을 돌이켜보면 알 것이다. 칼로 물베기라는 부부싸움이지만 사실 아이들에게는 엄청난 상처를 준다. 아이들의 어린 마음을 난도질하는 셈이다. 자녀에게 자기 때문에 이렇게 됐다는 자책감을 들게 만들기에 부부 싸움을 아이들 앞에서 하는 것은 백해무익하다. 굳이 의견을 조정하거나 다툴 일이 있을 때는 아이들이 보지 않는 곳에서 하는 것이 좋다.

조금 더 생각을 나가면 짧은 인생에 뭐 그리 다투며 살 것인가 라는 초월적인 생각을 해보는 것도 나쁘지 않다. 무조건 양보를 한다면 싸울 일이 없지 않은가. 나의 모든 것을 내주는 게 사랑이라는데 아내나 남편에게 무엇을 못 내주어서 싸움을 하겠는가. 비록 장애를 가진 아이들이 모르는 것 같지만 집안의 분위기와 아빠 엄마의 냉랭함은 그 아이들에게도 상처를 준다.

14. 표현하자

부뚜막의 소금도 집어넣어야 짜다는 말이 있다. 구슬이 서 말이라도 꿰어야 보배라는 말도 있다. 그것은 표현하지 않는 사랑과 애정은 누구도 알 수 없다는 뜻이다. 어린아이는 자주 안아 주어야 한다. 뽀뽀해주고 쓰다듬어 주어야 한다. 커 가면 말과 행동으로 사랑을 표현해야 한다. 표현하고 표현하다보면 없던 애정도 생긴다. 기적을 만들 수 있다. 말을 하다보면 나의 뇌가 속는다. 사랑해, 사랑해, 하다보면 진짜 그 사람을 사랑하게 되는 것이다. 뇌라는 것은 의외로 어리석은 기관이기 때문이다. 어린아이들에게도 사랑을 쏟아주고 표현하다보면 사랑이 충만한 사람을 살게 된다. 장애아동일수록 풍만한 사랑이 필요하다. 끊임없이 사랑을 표현하는 것은 시효도 없고 유효기간도 없다. 입버릇처럼 해야 할 일이다.

15. 참고 이기는 모습을 보여주어야 한다.

참을성은 쉽게 가질 수 있는 덕목이 아니다. 인간은 누구나 자기의 생각이 있고, 자기감정이 있기에 쉽게 폭발하거나 터지는 경우가 있다. 하지만 최후의 승자는 누구인가를 살펴보면 항상 오래 참은 사람들이다. 시간은 바로 참는 자의 편이다. 왜냐하면 참지 못하는 자는 시간이 흐를 때 결국 포기하기 때문이다.

　자녀들에게도 참고 또 참고 더 참을 수 없는 것까지 참아내는 모습을 보여 주어야 한다. 장애를 가진 아이일수록 경쟁력이 약하다. 비장애인과 겨루어 당당하게 그들을 이기려면 무한한 참을성을 가져야 한다. 부모가 참을성을 보여주지 않는데 아이가 참을성을 갖는 것은 불가능하다. 끝까지 참는 자에게 영광의 월계관이 씌워진다는 사실을 잊지 말고, 자녀 앞에서 인내하는 모습을 보여 주어야 한다.

16. 이야기를 많이 하라

　인간은 대화하는 동물이다. 얼굴 표정이나 행동으로도 그 사람의 심리를 알 수 있지만 정말 중요한 것은 대화다. 말할 수 있는 능력을 가진 동물은 사람밖에 없기 때문이다. 그렇다면 적극 활용해야 한다. 재미있는 부모가 되어야 하는 것이다.

　아이들을 웃겨주고 말을 걸어주고 이야기를 들어주는 과정에서 사랑이 싹튼다. 특히 유머감각을 발휘하게 되면 아이들은 더 크게 웃는다. 활짝 웃고 나면 그 사람을 좋아하게 되고 사랑하게 된다. 누군가를 웃긴다는 건 그를 사랑한다는 뜻이기 때문이다. 개그맨들을 보라. 국민들의 사랑을 받고 있지 않은가. 그 이유는 그들이 남을 웃기고 이야기를 하기 때문이다.

웃기는 이야기를 어디서 듣게 되면 메모지에 적었다가 집에 가서 아내나 아이에게 꼭 들려준다. 장애를 가진 아이일수록 우스개 이야기에 더 많은 반응을 보여준다. 온몸으로 웃어주고 큰 소리로 웃어준다. 그 웃어주는 최고의 청중을 가지고 있으니 이야기를 많이 하며 유머감각을 통해서 주위를 즐겁게 해야 할 필요가 있다. 가정에 웃음이 넘치면 사회가 웃음이 넘치게 되어 있다.

18. 휴일을 가족과 보내라

휴일에도 일하는 사람들이 과거에는 많았다. 요즘에는 다행히 휴가의 개념이 서서히 국민들에게 퍼져가고 있다. 휴일의 의미는 바로 아무것도 하지 말고 가족과 지내라는 것이다. 왜냐하면 쉬고 휴식할 때 에너지가 나오기 때문이다. 그리고 아무것도 하지 않고 있을 때 비로소 주위에 있는 아내나 남편이나 가족이 눈에 들어온다. 그들과 함께 새로운 것을 도모해 볼 수 있는 것도 휴일이다. 휴일이 있음으로써 가족들은 새로운 일주일을 도전할 수 있는 용기가 생긴다. 휴일을 가족과 함께 보내는 것, 그것은 그 무엇과도 바꿀 수 없는 소중한 가치이다.

19. 학교행사에 적극적으로 참여하라

부모들은 대개 자신의 미래가 아이들에게 달려 있다고들 한다. 가장 부러움을 받는 사람도 자녀교육을 잘 시킨 사람이다. 자녀들이 말썽 없이 잘커주고 제 앞길을 가려서 나간다면 모든 부모가 부러워하고 그들을 존경하게 된다. 나의 미래가 아이들에게 달려 있다고 생각하는 사람이라면 학교를 중요하게 여겨야 한다. 적극적인 사람에게 기회가 생기고 삶의 의욕이 샘솟는 법이다. 아이들의 교육현장에 자주 가야 하고, 행사에도 자주 참여해야 한다. 그러다보면 얻는 것도 많고, 정보도 얻게 된다. 뿐만 아니라 삶의 욕구도 일어난다. 학교에 가서 선생님들을 만나고 다양한 정보를 얻는것, 그것은 학교도 발전시키며 장애인에 대한 교육투자도 이끌어내는 첩경이다. 나는 참여하지 않으면서 학교라든가 국가에서 아이들에게 해주는 것이 없다는 불평은 정말 비겁자들이나 하는 행태가 아니겠는가.

20. 아이가 할 수 없는 것을 인정하라

가장 근본적인 장애의 개념 가운데 하나는 장애는 '할 수 없음'이다. 오죽하면 장애인이라는 영어 표현인 디스에이블(dis-able)이겠는가. 그것이 싫어서 디퍼런트리 에이블(differently-able)이라고 강력하게 주장하는 사람도 있다. 다른 방면으로 가능하다는 뜻이니 굉장히 좋은 말이다.

가끔 보면 장애아동을 고통을 주면서까지 비장애인들을 따라가게 하려는 사람도 있다. 공부를 시키고 매를 때려서까지 학습을 시키는데 한계를 인정해야 한다. 하지 못하는 당사자는 얼마나 괴롭겠는가. 자신만의 욕심으로 아이를 키우는지 아이 자신을 위해 키우는지를 늘 냉철하게 판단해야 한다. 본말이 전도되면 불행의 씨앗이 잉태되기 때문이다. 교육도 우리아이를 행복하게 하기 위해 하는 것인데 불행한 방법으로 아이를 행복하게 이끈다는 것은 말이 되지 않는다. 과욕을 부리는 장애부모를 볼 때 나는 참 안타깝다. 지적장애를 가진 아이들을 대학까지 보내겠다는 엄마들을 보면 말리고 싶지만 그들의 잘못된 생각이나 왜곡된 자녀 사랑을 보면서 마음이 아프다. 오히려 그 아이가 행복하게 살 수 있는 방법을 찾아 주었어야 하는데.

21. 아이에게 사물을 보여주라

페스탈로치가 위대하다고 인정받는 이유는 아이들에게 말로만 교육하지 않았기 때문이다. 그는 모든 사물을 만져보고 느낄 수 있게 해주었다. 아이들이 직접 안전한 것이 무엇인지 안전하지 않은 것이 무엇인지 경험하게 해주어야 한다. 수많은 오감의 경험을 느껴주면 그것은 장애를 가진 아이들도 느끼고 인지한다. 그러한 인지와 느낌이 경험으로 남았을 때 최고의 교육이 될 수 있다.

학교에 가서 비장애인들처럼 칠판을 통해 책을 통해 학습을 하는 것은 썩 좋은 방법이 아니다. 체험이 교육 가운데 가장 으뜸이라는 사실을 잊지 말고 장애를 가진 자녀를 끊임없이 사물을 보여주고 만져보고 느낄 수 있도록 해주어야 한다.

22. 아이에겐 자유가 필요하다.

장애를 가졌다고 그 아이를 24시간 싸고도는 것은 옳지 않다고 본다. 지나친 간섭과 배려가 오히려 숨통을 조이기 때문이다. 돌이켜보면 과거 세대는 부모들이 대개 교육을 받지 못했다. 요즘 엄마나 아빠들처럼 고등교육을 받지 못한 부모 밑에서 우리 세대는 자랐지만 전혀 불행하지 않았다. 오히려 엄마들이 무식하고 무지했던 것이 아이들 성장에 도움이 되었다. 그 이유는 간섭하거나 아이들을 컨트롤 하지 않았기 때문이다. 그런 어머니와 부모 밑에 있을 때 마음껏 상상의 나래를 펼치고 모험심을 길렀다. 그러한 아이들이 지금 부모세대가 되었는데 자신의 어린 시절은 돌이키지 못하고 장애가 있거나 아이가 부족하다고 모든 것을 대신 해주려고 나서서는 곤란하다. 아이에게도 자유가 필요하다. 스스로 도전해보고 실패할 수 있는 기회를 줘야 아이가 성장할 수 있다.

23. 놀이를 많이 하도록 주도하라

노는 게 원래 공부다. 아이들은 많이 놀아야 공부도 잘한다. 그 이유는 놀면서 배우기 때문이다. 옛날에는 아이들이 참 행복했다는 생각을 요즘 들어 해본다. 먹을 거, 장난감이 없어도 놀 것은 많았던 기억이 난다. 나도 산과 들을 다니며 놀이를 했던 기억이 난다. 놀이는 놀이에서 끝나는 것이 아니라 자연을 즐기고, 사람들과 어울릴 수 있는 사회성을 키우게 해준다. 또한 다른 아이들과 어울려 놀면서 남이 노는 방식을 이해할 수 있다.

그렇기에 노는 것은 아무리 많이 해도 지나치지 않다. 특히 장애를 가진 아이들은 잘 놀게 해줌으로써 성장을 빨리하고 머리도 좋아지며 공부도 잘 할 수 있게 한다. 많이 노는 아이가 활달하고 건강한 아이라는 사실을 잊어 서는 안 된다.

24. 함께 모험여행을 떠나라

여행은 새로운 경험이며 도전이다. 낯선 곳에 처하면 부모들도 신선한 자극을 받지만 장애를 가진 아이들은 더더욱 놀라운 변화를 경험한다. 환경이 바뀌면 새로운 면모도 드러난다. 문제가 발생했을 때 새로운 대처방안도 나오게 되어 있다. 새로운 장소에서는 대화의 소재도 바뀐다. 새로운 대화의 소재로 새로운 추억을 공유하는 것. 그것은 여행이 아니면 불가능한 일이다.

장애 자녀를 가진 부모들이여, 시간 날 때마다 아이들과 함께 길을 떠나라. 그것이 아이들을 올바로 기르는 법이며, 나의 상처받은 영혼을 치유하는 방법이다.

사랑하는 아들 딸들에게

가정의 단란함이 이 세상에서 가장 빛나는 기쁨이다. 그리고 자녀를 보는 즐거움은 사람의 가장 거룩한 즐거움이다. -페스탈로치

우리 아이들 삼남매에게 내가 우선적으로 해주고 싶은 말은 우리 부부가 부모로서 최선을 다해 후원을 하고 있다는 점이다. 원하는 양질의 교육을 시키고 있고, 취미라든가 특기 적성, 그리고 스포츠까지 능력 닿는 한에서 최선을 다하고 있다. 이는 모두 전인교육의 일환으로 가급적 다양한 경험을 하고, 폭넓은 사고를 하기 바라는 때문이다. 물론 이 모든 건 우리 부부가 남의 도움 하나 없이 스스로 벌어 하는 일이기에 자부심을 갖고 있다.

그러다 보니 부모로서는 최선을 다한다고 생각하지만 우려도 없지 않다. 우리 아이들이 혹시 너무 어려움이 없이 크는 게 아닐까 하는 것이다. 경제적으로나 정신적으로 아이들이 너무 편안하게 크는 것이 좋기만 한가

하고 가끔 생각해본다. 아이들이 커서 접하게 될 세상은 결코 만만한 게 아니기 때문에 굳세고 강인하게 이 세상을 살아갔으면 좋겠다는 바람을 갖게 된다. 직접 몸을 던져 온몸으로 겪는 사회는 부모 밑에서 본 사회와는 완전히 다르다. 상황이 많이 틀리기 때문에 그런 어려움과 다름을 이기고 헤쳐 나가려면 좀 더 자립적으로 고난을 헤쳐 나갈 수 있는 지혜를 가져야 하기 때문이다. 좀 더 야성을 가지고 어려움을 헤쳐 나갈 수 있는 용기와 집념이 있었으면 하는 것이 나의 바람이다. 프랭클린도 말했다.

나무에 가위질을 하는 것은 나무를 사랑하기 때문이다. 부모에게 야단을 맞지 않고 자란 아이가 훌륭하게 될 수는 없다. 겨울의 추위가 심할수록 이듬해 봄의 나뭇잎은 한층 더 푸르다. 사람도 역경으로 단련되지 않고서는 큰 인물이 될 수 없다. 사랑하는 자녀일수록 매가 필요하다. 큰 인물로 세우고자 할수록 역경 속의 단련이 필요하다.

이 세상에서 큰일을 한 사람들은 대개 역경을 딛고 일어선 사람들이다. 그들의 고단함과 노력은 아무도 짐작할 수 없을 정도다. 그렇기에 아이들이 모두 셋이 있지만 그 아이들을 볼 때마다 나의 마음은 진정 애틋하다. 삼남매가 곤히 자고 있는 모습만 바라봐도 좋았던 것이 나의 삶이다. 장애인으로 살지만 아이들 셋을 봄으로써 내가 헛살지 않았다는 생각이 든다.

장남인 명인이는 근본적으로 착실하고 성실한 아이다. 자기 생활은 거의 완벽하게 조절하고 있다. 한 마디로 자기관리가 잘 되는 아이다. 건강을 위해서 뭔가를 해야 되겠다는 결심이 서면 하루도 빠짐없이 운동을 하든, 약을 먹든 해서 끈질기고도 철저하게 지킨다. 그러한 것들은 사회에서 어려움과 싸워 나갈 수 있는 정말 필요한 자기관리 능력이라 할 수 있다. 여동생들이 약을 먹으라고 해도 잘 챙겨 먹지 않거나 귀찮다고 관둬 버리는 것과는 좀 다르다.

게다가 집에 찬거리가 없으면 장을 봐서 스스로 반찬을 만들고, 밥을 챙겨먹으며 삼시 세 때를 거르지 않고 건강을 지킨다. 그렇기에 함께 유학중인 동생들 둘을 부모인 내가 믿고 맡기는 거다. 장남 명인이 훌륭하게 부모역할을 해주고 있기 때문이다. 말이 쉬워 부모역할이지 아빠나 엄마가 같이 있어주는 것도 아닌데 동생들을 잘 돌보고 막내를 학교에 데려다 주고 나서 자기 학교 갈 준비를 해내는 것이다. 어디 그뿐인가. 학교를 옮기거나 머무를 집을 얻을 때에도 모든 서류준비와 행정적 절차는 물론이고, 이삿짐을 싸서 옮기는 것조차도 아들 명인이 혼자서 다 해결을 했다. 웬만한 어른들보다 더 듬직하고 믿음직하다는 생각이 든다. 내 아들이지만 성실함에 있어서는 높이 평가를 하며, 그 성실함이 우리 아들의 자산이 되어 크게 될 것이라 믿어 의심치 않는다.

그러나 너무 아들 자랑만 한 것 같으니 약간의 아쉬운 점도 이야기해야겠다. 아들에게 아쉬운 것은 리더십에 대한 지나친 집착이다. 늘 타인을 의식하고 어느 모임에 가든지 자신이 리더가 되기를 바라는 것 같다. 그렇다고 리더십이 아주 강력한 것은 아닌 듯하다. 남들보다 늘 앞서 가야 된다는 생각을 강박관념처럼 가지고 있는 것 같아 안타까울 때가 종종 있다. 그룹 안에서 튀고 싶어 하는 마음은 누구나 조금씩은 있다. 하지만 여건은 늘 다 다른 법이다. 현실적으로 자신이 튀거나 능력을 발휘하지 못하면 속상해하는 것을 가끔 본다. 경우에 따라 남의 뒤를 따라가기도 하고, 앞장서기도 하는 것이 사회생활이 아니던가. 그렇다면 모든 경우에 다 자신이 튀어야 된다는 생각을 하는 것이 스스로를 지나치게 압박할까봐 조금은 걱정이 된다. 세상일이라는 건 잘 안 될 때도 있고, 잘될 때도 있는데 안 될 때에 실망감이 큰 걸 보면 약간은 걱정이 된다. 실패해도 툴툴 털고 새롭게 도전을 할 수 있는 강한 내성을 가진 아들이 되었으면 하는 바람을 가지고 있다.

물론 이도 역시 시간이 지나고 경험이 쌓이면 스스로 해결할 문제라고 나는 믿고 있다. 그래서 나는 핸드폰 번호 저장에 항상 '우리 기둥'으로 적어 놓고 있다. 아들을 온 집안의 기둥으로 믿는 마음이 강하기 때문이다.

둘째는 큰 딸 인선이다. 지금 대학교 3학년으로 올라가는 사랑하는 나의 딸 인선이에게 나는 항상 미안한 감정을 가지고 있다. 엄마 젖을 뗄 무렵 부득이하게 이모 집에 가서 맡겨야 했기 때문이다. 당시에 약국에 아내와 내가 나와 일을 해야 하고, 큰 애까지 있으니 정신없는 상황에서 아이 둘을 동시에 기르는 것은 아내에게 초인이기를 강조하는 것이나 마찬가지였다. 그래서 갓 젖을 뗀 사오 개월 된 아이를 큰 이모 댁에 맡겨 거기에서 키우게 부탁을 했다. 부모로서는 가장 마음 아픈 일이 아닐 수 없었다. 그것을 항상 나는 미안하게 생각하고 있다.

그래서인지 인선이는 부모의 품에서 자꾸 떨어지는 것이 운명처럼 자리 잡았다. 초등학교 때는 뉴저지의 고모 집에 가서 학교를 다녔던 것이다. 당시는 유학 열풍이 불기 전이었는데 인선이를 세계적인 글로벌 리더로 만들고 싶다는 바람에서 영어를 조기에 시켜 보겠다는 생각이 들었다. 왜냐 하면 인선이는 언어능력이 누구보다 뛰어났기 때문이다. 명인이가 초등학교 들어갈 때 한글도 변변히 못 깨우치고 들어간 것에 비하면 인선이는 그게 아니었다. 엄마가 동화책을 몇 번 읽어주면 갓난아이였을 때 아예 동화책 내용을 토씨 하나 안 틀리고 다 외워서 줄줄 읽어버렸다. 정말 글을 읽는 건가하고 보면 그림책만 펼쳐서 그 그림에 맞는 내용을 줄줄 외우는 거였다. 그러니 언어능력과 암기능력이 남다르게 탁월한 아이였다. 한글도 가르쳐 주지 않았는데 이미 초등학교 입학 전에 떼었고, 언어적 적성이 무척 높다는 것을 알 수 있었다. 게다가 적성검사를 해보았더니 역시 언어능력이 뛰어나다고 결론이 나왔다. 결국 우리는 조기유학으로 방향을 정한 것이다. 초등학교 들어가기 전에 이미 인선이는 영어가 유창했다. 그 때문에 어려서 안정된 가정에서 잠도 많이 재우고, 사랑을 듬뿍 줬어야 되는데 그러지 못한 것을 나는 늘 안타깝게 생각한다.

하지만 이 세상에는 잃는 게 있으면 반드시 얻는 게 있는 법. 인선이의 뛰어난 언어능력과 재능은 자신에게도 큰 도움을 주고 빛을 발할 것이라고 나는 믿어 의심치 않는다. 게다가 인선이는 자기 자신의 주변정리가 깔끔

하고 완벽하다. 방은 항상 모든 물건이 제자리에 정돈되어 있고 정리되어 있다. 어지럽게 물건들이 널려 있는 상태를 싫어하기 때문이다. 이런 정도라면 이 지구상 어디에 가더라도 남의 도움 없이 야무지게 자신의 삶을 개척해 나갈 수 있는 능력이 충분하다. 그렇기에 나는 인선이가 언어 쪽으로 재능이 있으니까 유엔 사무처나 국제기구처럼 언어능력을 발휘할 수 있는 곳에서 일하는 직업을 얻어 행복하게 살았으면 하는 바람을 가지고 있다.

그런데 금상첨화로 인선이의 적성은 예술 쪽에서도 빛을 발한다. 미술이나 디자인 쪽의 감각은 타의 추종을 불허한다. 한때 미술을 전공할까 생각해 학교에 지원서를 보냈더니 놀랍게도 최고 수준의 학교에서 입학허가가 났을 정도다. 보고만 있어도 짠한 둘째 딸 인선이가 예술적인 재능을 잘 살리면 그것이 언어적 능력과 결합하여 멋진 신세계가 펼쳐질 거라고 나는 믿어 의심치 않는다.

막내 인숙이는 또 언니와 정반대의 성격을 가지고 있다. 둘째 인선이가 내일 무슨 일이 있으면 밤을 미리 새면서 바짝 긴장하고 있는 것과 달리 내일 무슨 일이 있건 말건, 잠도 잘 자고 천하태평이다. 여유로움과 느긋함의 극치인 셈이다. 덩치도 크고, 시원시원한 성격이 정말 여장부 스타일이다. 한마디로 대인의 풍모가 느껴진다고 할 수 있다. 그래서인지 언니와는 성격이 정반대라 다투는 적도 가끔 있다. 그 다툼의 가장 대표적인 이유는 막내가 물건을 어지르고 다닌다는 것이다. 그러니 왜 치우지 않느냐는 지적으로 티격태격한다. 그리고 언니 옷을 빌려 입고 나가면 제자리에 원위

치를 해야 하는데 꼭 흔적을 남기고 야무지게 마무리해놓지 않으니 들통이 나서 언니에게 지적을 받는 것이다. 어느 집에서나 있는 일이기에 나는 행복한 시선으로 그 아이들을 바라본다.

하지만 인숙이는 다정다감한 성격을 가지고 있다. 엄마나 아빠에게 다정하게 안기기도 하고, 친구들 사이에서 인기도 높다. 게다가 순하고 착해서인지 복도 많은 아이다. 미국 시카고에서 공부하고 있는데 보이지 않는 누가 보호해주기라도 하는 것처럼 일이 잘 풀린다. 한번은 하숙집을 급하게 구해야 하는데 도저히 방법이 없자 지역 신문에 자신의 사정을 편지로 써서 보냈다. 그걸 읽고 누가 홈스테이를 해주길 바란 것이다. 그런데 나타난 사람은 시카고에 힐튼호텔을 가지고 있는 엄청난 부자였다. 아이들 다 키워 내보내고 노부부가 살고 있는데 인숙이의 사연을 읽고 자기네가 데리고 있겠노라고 한 거였다. 나중에 집엘 가보니 전용 헬기가 있고, 세계 최고의 자동차가 넉 대나 있는 대부호였다. 뿐만 아니라 개를 좋아하는 인숙이를 놀라게 한 건 헐리우드 스타들이 갖고 싶어 하는 희귀 품종의 개가 두 마리나 있었다고 한다. 물론 그 집에 살게 되면서 그 집 안주인이 학교까지 인숙이를 라이드 해줄 때면 그 고급차 때문에 아이들의 눈이 휘둥그레진다고 한다.

게다가 그 집 안주인은 부모가 이혼하거나 불행한 일을 당한 아이들을 돌봐주는 상담 전문가였다. 그래서 인숙이를 완벽하게 돌봐주고 있다.

우리 막내 딸 인숙이에게 내가 바라는 것은 마음씨 좋고 친구 많은 것은 참 좋지만 그럴수록 내실이 있었으면 하는 점이다. 누구에게나 좋은 사람이라는 소리를 들으면서 정작 자신의 속이 허하면 결코 행복할 수 없다. 자기의 중심을 적당히 지키면서 내실 있는 삶을 살았으면 하다 보니 큰딸은 또 그걸 너무 챙기고, 자기 영역이 지나치게 분명해서 걱정이다. 그저 마음 같아서는 둘의 성격을 섞어서 반으로 딱 나눴으면 좋겠다.

나는 이처럼 말도 많고 탈도 많지만 즐거움과 행복도 많은 세 남매의 아빠다. 이들에게 바라는 것이 있다면 어느 정도 자신의 삶에 만족하며 살았으면 하는 것이다. 만족을 할 줄 알아야 행복을 느끼기 때문이다. 아빠인 나는 장애인으로서의 내 삶에 썩 만족하고 있지 못하다. 원하는 길을 가지 못했고, 이 세상의 차별과 편견, 그리고 사람들의 거짓과 오만에 상처도 입었다. 원래 건축가가 되어 집을 짓고 설계하거나 과학자가 되고픈 생각이 강했기에 이과를 선택해서 중학교 때까지는 공대를 가려 했지만 운명이 흘러 흘러 약사가 되었다. 살면서 약사로서 겪는 삶의 우환들이 결코 만만치는 않기 때문에 우리 자녀들은 만족을 얻을 수 있는 직업에서의 삶을 살았으면 하는 바람이다. 그것은 직업적으로나 정서적으로 모든 면에서 만족을 알았으면 하는 것이다. 일단 자기가 가장 만족하는 삶을 살아야만 자아를 실현하고, 행복을 추구할 수 있기 때문이다.

내가 항상 자식들을 생각할 때면 음미하는 존경하는 맥아더 장군의 아들을 위한 기도를 소개한다. 다들 아는 것이겠지만 좋은 글이나 기도는 반복해서 읽는 데에서 큰 효과가 있지 않던가. 제목은 아들이지만 딸로 대입해도 손색은 없다.

주여, 제게 이런 아들을 주소서

약할 때 자기를 돌아볼 줄 아는 여유와
두려울 때 자신을 잃지 않는 용기를 가지고
정직한 패배를 부끄러워하지 않고
승리에 겸손하고 온유한 아들을 저에게 주소서
실행의 탑을 쌓지 않고 공상만 하는 자 되지 말게 하시고,
주님을 알고 자신을 아는 것이 지식의 기초임을 아는 아들을
저에게 허락하소서.

바라옵건대 그를 쉬움과 안락의 길로 인도하지 마시고,
곤란과 도전에 맞서 싸울 줄 알도록 인도하여 주소서.
그리하여 폭풍 속에서도 용감히 견디고,
패자를 불쌍히 여길 줄 알도록 가르쳐 주시옵소서.

그 마음이 깨끗하고, 그 목표가 높은 아들 ……
남을 다스리려고 하기 전에 먼저 자신을 다스리게 하시며,
미래를 바라보는 동시에 과거를 잊지 않는
아들을 저에게 주시옵소서.

이에 더하여 유머를 알게 하시어,

인생을 엄숙히 살아가면서도 즐길 줄 알게 하시고,

자기 자신을 너무 드러내지 않고 겸손한 마음을 갖게 하소서.

그리하여 참으로 위대한 것은 소박한 데에 있다는 것과

참된 힘은 온유함에 있음을 항상 명심토록 하소서.

그리하여 그의 아비인 저는,

헛된 인생을 살지 않았노라고 작은 목소리로 말할 수 있게 하소서.

아 멘.

무한한 영광과 발전 기원하며

먼저 나의 오랜 친구이자 동료인 고 김광성 회장의 저서 발간을 축하합니다. 작고한 김광성 회장이야말로 이 사회의 저변에서 묵묵히 성실하게 자신의 역할과 의무를 게을리 하지 않으면서 남들에게 큰 감동을 주는 사람이었다고 나는 믿어 의심치 않고 있습니다.

저는 영광스럽게도 국회의원으로서 장애인의 권익증진을 위해 4년간 봉사한 적이 있습니다. 막연하게 밖에서 보던 것과 달리 국회 안에 들어가 장애인복지의 실상을 살펴 보니 아직도 우리나라는 갈 길이 멀다는 생각을 하게 되었습니다. 재임기간 최선을 다해 조금이라도 나아지도록 노력했지만 결과적으로는 크게 기여하지 못한 것 같아 늘 장애인 동료들을 보면 송구스러운 마음 금할 길 없었습니다.

사회의 변화는 위에서부터 이루어지기도 하지만 대개는 아래로부터 이루어질 때 성공적이며 탄탄하게 자리를 잡습니다. 저 같은 장애인이 법과

제도를 통해 장애인의 복지 향상을 위해 노력했다면, 김광성 회장 같은 분은 아래로부터 장애인에 대한 인식을 개선하고 모든 것을 몸소 실천한 사람이었습니다.

일례로 김광성 회장은 자신의 약국에 오는 중증 장애인의 약값은 만원 이하일 때 받지 않습니다. 약국을 경영하는 사람 입장에서 그런 결단은 결코 내리기 쉬운 것이 아닙니다. 제살을 깎아내겠다는 의지가 없이는 불가능합니다. 하지만 그는 조용히 실천하고 있었습니다. 이는 동료 장애인에 대한 애정이 없이는 불가능한 것입니다.

그의 이런 행동은 작지만 확실하게 사회에 파문을 일으켰다고 저는 확신합니다. 그런 노력들이 많이 모였을 때 우리 사회에서 장애인에 대한 인식 개선의 파도가 일고, 이는 곧 정책의 변화를 이끌어낼 것이기 때문입니다.

누구의 도움도 없이 자신의 실력과 성실함만으로 굳건하게 삶의 입지를 굳힌 김광성 회장. 그는 꿋꿋하게 장애인골프협회도 이끌었고, 용인의 자랑스러운 시민으로서 타의 모범이 되었습니다. 저는 그런 그와 친구라는 사실이 너무도 자랑스러우며 그의 앞날에 무궁한 영광 있을 것을 확신했더랬습니다. 큰 인물로 거듭날 그를 지켜보는 기쁨 또한 저를 행복하게 만들었는데 안타깝게도 그는 고인이 되었습니다.

삼가 고인의 1주기를 맞이하여 명복을 빕니다. 그가 무척 그립습니다.

전 18대 민주당 국회의원, 변호사 박은수

그리운 그 사람

추운 날씨가 문득 다가올 때 잊지 못할 사람이 훅 하고 강렬하게 떠오른다. 공정하지 못한 세상에 대한 분노가 촛불로 국민들 가슴을 깨우듯 그 한 줄기 분노를 세상에 꺼내 놓기 위해 부단히 노력한 그 형이 몹시 그립다.

의회에서 처음으로 만난 김광성 의원은 맑은 미소를 가진 인자한 형님이었고, 차별이 없는 세상을 만들고 공정한 사회를 만들기 위해 타협 없이 함께 외치던 동지였으며, 여행을 같이 하며 소주 한 잔에 세상 시름을 노래하던 아주 친하고 사랑하는 나이 많은 친구였다. 새삼 도의회에서 같이 하고자 했던 많은 일들이 생각난다. 다는 이해 못하지만 열심히 배우고 따라가려 했던 멋진 시간임을 기억한다.

김광성의원은 먼저 장애인 인권에 대하여는 "장애인의 인권에 대해 아무리 외쳐도 아무도 듣지 않는 암울한 세상"이라며 '장애인 거주시설의 인권문제 개선'과 '장애인의 인권보호를 위한 제도적 접근' 등 장애인 인권과 관런된 공공의 역할 강화를 촉구했다.

장애인 거주시설에서의 인권침해가 사회문제화하자 탈시설정책을 본격 제기하며 경기도가 정책을 세워줄 것을 강력히 요구하기도 하였다. 학교에서의 장애학생에 대한 관심과 보호 등 제도적 장치 마련을 주문하고 특히 장애 학생들의 건강권에 대해 자유롭게 체육활동을 할 수 있는 학교생활을 이야기했다. 이건 본인이 교육위로 상임위가 바뀌어도 장애학생에 대한 인권 및 건강보호를 위해 체육활동 강화를 강력히 주장하는 이유이기도 하다.

장애인들을 위한 각종 프로그램 공간과 회원 단체의 업무용 공간 등이 갖춰진 시설로 장애인들을 위한 실질적인 복지서비스의 연결고리 역할을 위한 종합장애인회관 건립을 강력히 추진하였다. 그러나 김광성 의원이 없는 지금 회관건립이 지지부진 하고 있어 답답한 심정이다.

경기도 발달장애인 지원조례"는 발달장애인에 대한 복지서비스와 인프라는 욕구에 비해 지원체계가 부족하여 발달장애인의 인간다운 삶과 권리의 증진에 이바지함을 목적으로 「발달장애인 권리보장 및 지원에 관한 법률」에 따라 오랜 기간 심혈을 기울여 만든 대표적인 김광성 의원의 조례안이다. 고생해서 만든 조례를 발의만 해놓고 떠나셔서 후배인 본인이 심사보고를 하고 마무리 지을 때 그 감회란 만감이 교차하고 눈물이 나서 한동안 고생했다.

지금도 경기도 장애인 단체나 김광성 의원을 기억하고 있는 많은 분들을 만나면 모두들 사랑으로 승화된 따뜻한 미소, 그리고 열정적이고 정의로운 삶, 불평등과 차별에 대항하며 시대를 살아 왔던 작은 거인을 만났었다고 말한다. 우리가 살아가며 길을 잃을 때 우리 마음에 간직할 수 있는 소중한 등불을 얻는 것으로 위안 삼을까 한다.

가끔 형이 그리울 때, 눈물이 왈칵 쏟아질 때 형의 모습을 지우려 노력해 본다.

7대 경기도의회 의원 남종섭

장애인계의 진정한 리더

작년 이맘 때일 것이다. 故 김광성 회장의 서거 소식이 들려왔다. 나는 잠시 멍하니 내 귀를 의심했다 참으로 비통하고 안타까운 소식에 머리에 스치는 생각은 '너무나 아깝다'라는 것이었다.

나와 김광성 회장과의 인연은 그가 장애인골프협회를 설립할 무렵에 맺어졌다. 그 당시만 해도 장애인들에게는 골프가 낯설고 생소한 종목이었으며, 정가맹체육단체로 인정받기도 어려운 시절이었다. 사실 한 체육단체를 이끌어 간다는 것은 여간 힘든 일이 아니다. 그런 열악한 상황 속에서도 김광성 회장은 더없는 열정으로 십여 년을 장애인골프의 발전을 위해 끊임없이 도전하였으며, 그 결실로 인정단체로 가맹되었다. 게다가 전국체전 종목으로 선정되고, 또한 정가맹단체로 승격되기까지 김광성 회장이 아니었다면 지금의 장애인골프협회는 존재하지 않았을 것이다.

김광성 회장은 약사이지만 만능 체육인이기도 했다. 스키, 골프 등 각종 운동을 굉장히 좋아했다. 물론 그는 따뜻한 마음에 정도 아주 많았으며 자신의 가정 또한 다복하게 이루었다. 나와는 비슷한 연배로서 좋은 친구였다. 늦게나마 이렇게 그의 향기를 느낄 수 있는 저서가 출판되어 반갑다.

故 김광성 회장. 그는 장애인으로서 멋진 이시대의 진정한 리더로 기억될 것이다.

대한장애인체육회 이천훈련원장 이명호

추천사

존경하는 김의원님

어느 날,

흐리고 답답한 세상에 조금이라도 긍정적 변화를 주기 위해 정치를 시작했다고 술자리에서 목소리를 높이던 친구.

안경 넘어 따뜻함과 단호함을 지닌 눈과 디스에이블(disable)이 아닌 디퍼런트(different)한 몸으로 한 발자국씩 느린 걸음으로 조금씩 세상을 바꾸려고 했던 내 친구, 우리의 친구 "김광성".

친구가 떠난 지금,

친구의 한 평생을 기록한 자전 에세이를 돋보기 긴 흐린 눈으로 읽다가 문득 뿌옇게 변해버린 대한민국이 정치에 일찍부터 관심이 있었고 부모와 다른 정치적인 견해 때문에 아버님과 일전을 벌이기도 했다던 친구의 모습과 겹쳐져 답답한 마음으로 친구에게 물었다.

"존경하는 김의원님. (흔히 정치인들은 서로 질문을 할 때 "존경하는" 이

238

란 단어를 관용구로 사용하길래,비록 친구간이래도 정치적인 견해를 묻는 것이라 "존경하는" 이란 관용구를 붙였음).

어떤 세상의 모습을 꿈꾸는 겁니까?"

약사출신의 정치인이었던 내 친구는 망설임없이 단호하게 말했다.

"존경하는 박원장님. (내 친구의 버릇중 하나가 정치적인 견해를 애기할 때는 상대방을 고려해 "존경하는"이란 관용구를 붙이고 애기함.) 내가 꿈꾸는 세상과 반대로 흘러가는 이 판을 바꿔야지. 꿈꾸는 자는 꿈이 최소한이라도 이루어지고 능력과 진심에 의해서만 평가받는 세상이 돼야지. 그런데 지금 세상은 아니잖아. 이게 뭐야, 갑자기 미성숙한 사회로 돌아가 버리니 이게 말이나 되니?"

내 친구, 우리의 친구 김광성.
더 흐려진 세상을 맞이하니 더 보고 싶고 그립다.
이젠 우리의 기억 속 그물망에서 벗어나 푸른 바다로 힘차게 나아가라.
네가 외쳤던 사람같이 사는 세상으로......

흐리고 흐린 대한민국에서 여전히 숨 쉬고 있는 친구가

춘천 우리소아과 원장 박태균

추천사

사랑의 전도사, 김광성 의원님

김광성 의원님의 유작 출간을 충심으로 축하드립니다.

이 책은 김광성 의원께서 살아온 인생의 발자취이며,

그가 베풀어 준 사랑의 실천서라고 생각합니다.

장애를 갖고 계심에도 불구하고 장애인들의 복지증진을 위하여 강한 의지로 많은 업적을 쌓아 오신 것은 주지의 사실입니다.

대한장애인 골프협회의 초대회장을 맡아 십 수 년 동안 봉사하였으며, 대한체육회 가맹단체로 가입시켰습니다.

경기도 의회 보건복지분과 위원으로 장애인 복지를 획기적으로 증진시키기 위한 경기도 발달장애인 센터를 설립할 수 있도록 장애인 복지조례를 포함하여 60여개 조례를 발의하시는 등 왕성한 의회 활동을 하셨습니다.

약사로서 내원 환자 가운데 장애인 1급, 2급 중증 환자분들에게는 무료로 약을 주셨습니다.

사회복지 시설들의 여러 가지 비효율적인 운영과 문제점들을 해결하기 위하여 힘차게 의정활동을 전개하기도 하였습니다.

아마도 참기독인으로 주위의 그늘진 곳에는 사랑을 베풀고 주위의 어두운 곳에는 빛과 소금이 되기 위한 노력의 발자취라고 생각됩니다.

책의 제목에서 알 수 있듯이 아내에 대한 애틋한 사랑의 마음과 자녀들에 대한 애정과 함께 어려운 이웃들에게 사랑을 베풀기 위해 온 평생을 노력한 삶이었습니다.

"믿음, 소망, 사랑 이 세 가지는 항상 있을 것인데 그중에 제일은 사랑이라"는 주님의 가르침을 실천해 오신 고인의 영전에 평강을 기원합니다.

전 국회 농림해양수산 위원장 이양희

추천사

불러보지 못 한 이름 '광성이 형!'

십 수 년이 넘는 것으로 기억된다. 장애인고용공단의 한 회의에서 그를 처음 만났다. 첫 인상은 마냥 좋은 사람처럼 보였다. 얼마 지나지 않아 아는 교수 한 분이 회의에서 만난 약사가 있는데 서로 알면 좋을 것 같아 소개해 준다는 것이다. 내가 늘 장애인지도자에 관심 갖는 것을 알고 있기에 좋은 역할 할 사람이라는 거다. 가만히 이야길 듣다보니 내가 만났던 약사였다. 사람 보는 눈은 대체로 같은가보다. 중복된 인물평 덕분에 이름을 기억하게 됐다. 김광성!

이후 우리는 잊혀져갔다. 사실 약국을 운영하는 약사와 장애인단체에 종사하는 사람이 마주칠 기회가 별로 없어서다. 다시 만나게 된 건 장애인들이 일본에서 보고 시작한 파크골프 때문이었다. 나는 장애인 친구들과 파크골프를 즐겼다. 장애인이 대다수인 파크골프 동호인들은 주말이면 63빌

딩 앞 고수부지에 마련된 파크골프장에서 매주 모여 운동을 했다. 비록 파크골프를 즐기지만 골프용어를 알아듣고 프로골퍼들의 이름을 거명하며 LPGA, PGA를 화제로 삼는다는 게 신나는 일이었다. 일반 골프장을 가본 적도 없던 우리들은 마치 주말골퍼가 된 것 같았다.

하지만 경기를 하다 보니 파크골프에 맞는 경기규칙, 심판양성, 주기적인 대회개최 등이 문제로 떠올랐다. 자연스레 협회가 설립되어야 한다는 공감대가 형성된 것이다. 대한장애인골프협회를 어렵사리 만들고 초대회장으로 취임한 분이 김광성 회장이다. 만날 사람은 언젠가 만나게 되나 보다. 나는 부회장으로 함께 일 했다.

협회운영 과정에서 많은 어려움이 있었다. 협회운영비와 크고 작은 대회 진행비, 각종 선수들 모임 등 대부분의 비용은 회장 주머니에서 나왔다. 거의 8~9년을 그렇게 한다는 게 쉽지 않은 일이다. 헌신적 노력을 칭찬하기는커녕 일부에서는 불평도 있고 비난도 있었다. 자기 돈 쓴다고 모두가 알아주는 건 아닌 게 세상 이치인가보다.

취임하면서 분명한 목표로 삼았던 파크골프의 전국체전 정식종목 인정과 가맹단체로 정식 인가는 모두 이뤄냈다. 정부의 지원도 받게 된 것이다. 짐을 지고 앞서 묵묵히 걸어간 김광성 회장이 있기에 가능한 일이다. 내가 본 김광성은 그런 사람이다.

약속한 것을 이뤄 놓고는 자리도 내놓았다. 나도 함께 부회장직을 내놨다. 나는 특별히 참모라고 할 것도 없는데 오랜 시간 지내다 보니 공동운

명이 된 것 같았다. 긴 시간 같이 할 수 있었던 것은 직책 때문만은 아니다. 김광성 회장이란 사람이 좋아서 그와 연애한 것 같다. 같이 시간도 많이 보내고 가족끼리 여유 있게 여행도 했었다.

그뒤 그는 장애인복지를 한다고 정치에 입문했다. 경기도 도의회에 비례대표로 진출했다. 김광성 의원으로 부르게 되었다. 이제 회장과 부회장 관계도 아닌데 하루가 멀다 하고 시도 때도 없이 전화를 걸었다. 장애인복지 현장의 경험을 좀 더 먼저 했다고 여겨 자문을 구하는 것이다. 본의 아니게 또 참모역할을 하게 됐다. 여의도 국회에 올 일이 있으면 늘 내 사무실을 들렀다.

언제나 열정적이고 열심이다. 성실하다는 평이 김광성 의원을 평하는 가장 적절한 말일 것이다. 함께 했던 많은 시간이 있다 보니 자연스레 개인이야기를 나눌 기회도 많았다. 원주사람이 청주에 오게 된 건 입학을 허락한 충북대 약대에 진학하기 위해서였단다. 덕분에 운명처럼 청주에 사는 부인인 이경희 여사를 만나게 된 이야기.

"지금의 나는 집사람이 만든 거야. 집사람의 헌신이 없었다면 오늘의 내가 있지 않았을 거야."

김광성 의원에게서 가장 많이 들었던 이야기다. 처음엔 아내에 대해선 지나치게 팔불출인가도 생각했다. 하지만 아내인 이경희 여사를 보면 그게 아니란 걸 알게 된다. 주변에서 본 현명한 내조자의 한사람으로 꼽을 만큼 인정하게 된다. 어느 날은 책을 한 권 내려 한다며 제목을 '아내가 키운 남자'로 하려 하는데 어떠냐고 물어봤다. 재미로 들었던 이야기려니 했지만 책을 낸다는 약속도 고인이 되어 함께 사라지나보다 했다.

김광성 의원은 죽어서도 본인이 꿈꿔 온 것을 유산처럼 남겨 놓았다니 놀랍다. 아내와의 약속도 마지막까지 지키게 되어, 나도 한 사람의 남편으로 삼가 머리가 숙여진다. 아내가 키운 남자의 목소리를 다시 듣게 되다니 가슴 벅차게 기대된다.

김광성이란 참 좋은 사람을 보내며 마음에 걸리는 게 있었다. 나보단 세 살 연배이면서도 늘 "총장님"하며 깍듯하게 대해 주었다. 공적인 관계를 넘어 개인적으로 가깝고 한 세상 살면서 이런 사람과 친형처럼 지냈으면 했다. 그래서 언제가 형이라고 부르고 동생처럼 대해 달라고 하고 싶었다. 끝내 말하지도 못했지만 마지막 영전에 부르고 싶다

"광성이 형!"

한국장애인단체총연맹 사무총장 김동범

김광성 님을 그리며

광성님의 삶을 보면서 저의 자화상을 보는 느낌을 많이 받았습니다. 세 자녀를 가진 아버지로서 아이들을 제대로 안아주지도 못하면서 그들이 잘 되기를 가슴으로 바라는 안타까운 부정에서, 김정수라는 친구를 가슴 속에 간직하고 있듯이 저에게도 장영진이라는 가슴 속의 친구가 있습니다. 그리고 단점을 장점으로 만들어 살아야 하는 우리 장애인들의 삶은 이 시대를 살아가는 우리들의 자화상이었습니다.

인간이 닫아버린 우리들의 문을 하나님께서 창으로 열어주어 우리는 새로운 삶의 아름다운 경험들을 많이 할 수 있었다는 광성님의 고백처럼, 우리가 걸어왔던 길은 남다른 길이었기에 수렁에도 빠질 수 있었지만, 그 길은 또한 누군가가 걷지 않은 새로운 개척의 길이었기도 한 것 같습니다.

네 발로 굳게 딛고 일어선 그 땅, 원주에서 인제로, 그리고 하남에서 수지로 이어진 그 깊은 발자취는 광성님이 걸어온 그 길을 따라 퇴촌에 광성님의 미소를 그리는 재활원으로 거듭날 것입니다. 그리고 아내인 경희씨가 마시는 커피마다 광성님의 웃음은 크레마로 늘 보이곤 사라질 것입니다.

광성님이 제일 좋아했던 잠을 이제 경희씨의 마지막 사랑으로 편히 취하게 할 것입니다. 잠이 편했던 광성님이 편안하고 행복한 곳으로 돌아간 빈자리를 그 가족과 우리 벗들이 함께 힘 모아 메워 가겠습니다.

우리의 후배들은 미끄럼틀에 홀로 남을 일도 없고, 왕초를 따라갔다가 산에서 길을 잃는 일도 없이, 꿈을 가지고 도전을 기회로 살아가게끔 넓고 좋은 길을 닦아 나가겠습니다. 한 통의 전화가 광성님을 중국과 미국 유학의 길로 인도했듯이, 광성님의 이 책이 우리 장애인들을 꿈과 도전의 길로 인도하기를 기원합니다.

더불어민주당 19대 국회의원 최동익

유별난 스포츠 열정

최순범
한국장애인고용공단 부장

김광성 회장은 남달리 장애인스포츠에 열성적이었다. 그는 특히 운동 종목을 가리지 않고 열정적으로 배웠고 또한 이를 전파하였다. 스키, 수상스키, 휠체어 테니스, 파크골프, 골프 등 다양한 종목에 지대한 관심을 갖고 열심히 배웠고 본인 혼자만 배우지 않고 주위의 장애인들에게도 전파하여 장애인스포츠 전도사와 같았다.

내가 장애인들을 위한 휠체어테니스가 도입될 시기인 1993년 몽촌 휠체어 테니스 동호회장을 맡아 활동하고 있을 때였다. 김회장은 테니스를 전문적으로 배우기 위해 전용 휠체어를 구입하여 매주 토요일마다 올림픽공원에 나와서 열심히 배우고 친교활동도 활발히 하였다. 이런 모습을 보면 그가 얼마나 새로운 스포츠에 도전적이고 적극적인지 알 수 있다. 그는 또한 새로 도입되는 운동이 있으면 주위의 장애인들에게도 적극 추천하여 함께 운동할 수 있도록 동기부여를 했다.

내가 파크골프에 푹 빠져 있을 때였다. 매주 토요일과 일요일은 장애인들과 함께 파크골프장을 찾아다니느라 정신이 없을 때였다. 초창기에는 운동할 장소가 많지 않아서 한강시민공원에 자주 가곤 했었다. 김회장은 약국을 운영하느라 주중이나 주말이나 매우 바빴지만 무슨 일이 있어도 주말에 한번은 필드에 부인과 함께 와서 장애인들과 함께 파크골프를 치곤 하였다. 부인은 몸이 불편하여 휠체어에 의존하는 나를 포함한 장애인회원들을 밀어 주곤 하였고 동호회 운영하는 것을 적극 돕곤 하였다. 초창기단계라 부족한 점들이 많이 있었지만 그 수요인구는 급증했으나 장소가 많지 않아 늘 고민거리였다. 김회장은 이 문제를 타파하기 위해 회원들 또는 지인들과 함께 지방자치단체, 시민공원관계자, 놀이공원 담당자 등을 만나 설득을 거듭해 골프장을 만들도록 승낙을 받아내곤 하였다. 아무리 장애인들이 관심을 갖고 운동도구를 구입하고 배운다 해도 장소가 없으면 사상누각인 것이었다.

특히, 파크골프대회를 개최하기 위해 전국 각 지방의 회장들을 비롯한 회원들과의 의사소통에 김회장은 많은 시간을 할애하였다. 그 결과 파크골프를 전국적으로 확대하는 데 큰 성공을 거두었고 질적으로도 훌륭한 발전을 이룩하였다. 각 지방에서 열리는 전국대회가 양적으로나 질적으로 성황리에 개최되도록 많은 노력을 경주한 산물이라고 할 수 있다.

우리나라 최남단인 제주도에까지 파크골프를 확산시켜 해마다 여름이면 제주도에 많은 장애인들이 참석을 하여 성황리에 대회를 마치곤 하였다. 김광성 회장의 꼼꼼한 대회지원과 전국회원들을 위한 제도적인 지원이 없었다면 물거품이 되었지도 모른다. 한 지방의 회원들끼리 대회를 개최하는 것은 그다지 어렵지 않으나 전국규모의 대회를 한 지방에서 개최하는 것은 참으로 힘든 것이라는 점을 모두 잘 인식하게 되었다.

파크골프가 너무 인기가 높아지자 회원들의 욕구도 높아지기 시작했다. 장애유형에 따라 경기규칙도 만들어야 한다는 의견이 높아지자 김회장은 현대아산병원의 정형외과 의사들을 초빙하여 회원들의 장애정도와 유형을 분류하도록 하였다. 회원들의 다양한 수요를 최대한 수용하기 위해 열정을 다하였다. 내가 옆에서 지켜보아도 정도가 지나칠 정도로 몰입하여 추진하는 성격이었다. 약국일은 뒷전으로 미루고 파크골프와 골프에 대한 발전과 회원들의 참여확대를 위해 늘 매진하였다. 약국일이 끝난 이후 늦은 밤에도 협회임원들과 회원들이 함께하는 모임을 자주 가졌고, 이를 통해 골프의 장애인계 홍보를 촉진하였고 회원들의 어려운 점들을 풀어 나가는 대책을 개발해 내곤 하였다.

　창립된 지 얼마 되지 않아 파크골프회원은 전국의 장애인 스포츠단체 중 회원수가 가장 많은 단체로 등록이 되었고 그 숫자는 점점 늘어갔다. 단순히 재미있는 운동이라는 것으로 양적으로나 질적으로 협회가 발전해 나갈 수는 없는 것이었다.

인지

김광성 자전에세이

아내가 키운 남자

1판 1쇄 인쇄 2017. 1. 15.
1판 1쇄 발행 2017. 1. 20.

발행처 도서출판 문장
발행인 이은숙

등록번호 제 2015.000023호
등록일 1977. 10. 24.

서울시 강북구 덕릉로 14(수유동)
대표전화 | 02-929-9495
팩시밀리 | 02-929-9496

ISBN 978-89-7507-070-9 03810